Reinhard Schwabenitzky

Stille Nacht
und das Geheimnis der Zauberflöte

Tyrolia-Verlag · Innsbruck-Wien

Umschlaggestaltung: Roberto Baldissera, Agentur für Grafik, Innsbruck
Layout und digitale Gestaltung: Tyrolia-Verlag, Innsbruck
Druck und Bindung: CPI Moravia Books, Pohořelice (CZ)
ISBN 978-3-7022-3707-3 (gedrucktes Buch)
ISBN 978-3-7022-3708-0 (E-Book)
E-Mail: buchverlag@tyrolia.at
Internet: www.tyrolia-verlag.at

Gewidmet meinem Sohn Lucas

Prolog

»Das ist nicht zu schaffen«, dachte sich der 31-jährige Franz Xaver Gruber – Lehrer, Mesner und Organist in Arnsdorf, einem kleinen, sympathischen Ort nördlich der Stadt Salzburg, als er am Vormittag des 24. Dezember 1818 verzweifelt vor seinem Klavichord saß. Er sollte eine Melodie zu einem Gedicht finden, und am Abend, zur Christmette, musste das Lied fertig sein. Immer und immer wieder versuchte er eine Tonfolge nach der anderen, jedoch keine wollte gut genug sein, um diesem wunderbaren Gedicht auch nur annähernd zu entsprechen. Doch nur wenn es ihm gelingt, eine Melodie zu finden, die dieses Gedicht zu einem Lied vereint, kann hier Frieden einkehren. So hatte es ihm sein Freund, der Hilfspriester Josef Mohr, der dieses Gedicht verfasst hatte, zu verstehen gegeben. Ein Frieden für drei Menschenkinder, die sich in einer äußerst misslichen Lage befanden.

Lehrer Gruber wusste aber auch, dass es da einen gab, der diesen Frieden mit allen Mitteln – dazu zählen auch besonders abscheuliche – verhindern wollte. Die Gier dieses Mannes war unermesslich, seine Seele schwarz.

I.
Hallein, Gegenwart

Lucas Schratt, ein fröhlicher, aufgeweckter zwölfjähriger Junge, stand in einer Bäckerei in Hallein, biss genussvoll in die Schokoschnecke, die er sich kaufen durfte, und bezahlte für das Brot, das er für seine Familie besorgt hatte. Er war bester Dinge – nicht ahnend, welch veritable Katastrophe ihm in wenigen Minuten bevorstand.

Hallein, südlich der Stadt Salzburg gelegen, ein Städtchen, welches das berühmte Salzbergwerk am Dürrnberg beheimatet, bietet seinen Bürgern wie auch den Reisenden fast alles, was zu einem guten Lebensgefühl gehört: unterschiedliche kulturelle Veranstaltungen, interessante Museen, malerische mittelalterliche Gässchen, Gebäude und Plätze, gut sortierte Geschäfte und eine vielfältige Gastronomie, die typische Salzburger Speisen und Schmankerl genauso anbietet wie Kulinarisches aus aller Welt.

Dass ausgerechnet hier, an einem schönen Novembertag, das Verhängnis der Familie Schratt, bestehend aus dem 35-jährigen Vater Peter, seiner Frau, der 33-jährigen Maria, und dem 12-jährigen Lucas, seinen Anfang nahm, konnte niemand ahnen.

Das Fahrzeug der Familie stand auf dem bereits weihnachtlich geschmückten Hauptplatz der Stadt und erregte großes Aufsehen, denn es bot den Bewohnern und Besuchern einen nicht alltäglichen Anblick. Auf der Ladefläche eines PS-starken Lastwagens war eine echte abgewetterte Berghütte aufgebaut, mit Holzschindeln auf dem Dach und Blumenkästen vor den Fenstern, bestückt mit natürlich wirkenden Kunstblumen – eine echte »Alm auf Rädern«. Seitlich, unterhalb einer kleinen, sorgfältig gezimmerten Veranda konnte man eine Plattform als Bühne herausziehen und daneben eine Holztreppe als Zugang zur Hütte. Nachdem soeben die Vorweihnachtszeit begonnen hatte – die Christkindlmärkte waren gerade eröffnet –, war die Bühne ebenfalls weihnachtlich geschmückt.

Im Inneren dieses merkwürdigen Gefährts gab es zwei Räume, das Wohnschlafzimmer der Eltern – in dem auch die Kochnische untergebracht war – und die Kammer von Lucas. Zwischen den beiden Räumen befanden sich Dusche und WC.

Mit diesem Wohnlaster, inklusive Satellitenschüssel auf dem Dach, tingelte Familie Schratt von Stadt zu Stadt, von Dorf zu Dorf, quer durch ganz Europa. Zur Schule gehen war daher für Sohn Lucas nur sporadisch möglich – seine Lehrer waren das Internet und die Eltern. Die Prüfungen aber musste er an regulären Schulen ablegen. Phantasievoll wie er war, schwebten seine Gedanken mal da-, mal dorthin. Lange konzentriert vor Schulbüchern zu sitzen war nicht seine Sache, er war aber intelligent genug, um bei Prüfungen Wissenslücken geschickt zu umgehen, und wusste immer, was zu tun war, um die jeweilige Klasse positiv abzuschließen.

Das Liedrepertoire der fahrenden Sängerfamilie Schratt war schier unerschöpflich, so dass man sie auf den Marktplätzen Italiens genauso singend und gefühlvoll musizierend antreffen konnte wie auf jenen Deutschlands, Österreichs und vieler anderer Länder. Ihr Einkommen war trotzdem spärlich, ließ kaum Luxus wie etwa einen Restaurantbesuch zu, und neue Kleider wurden nur dann gekauft, wenn man die alten wirklich nicht mehr tragen konnte. Der Lebensunterhalt, die Instandhaltung ihres Gefährts, die Standgebühren und die Pflege ihrer wertvollen Instrumentensammlung, welche sie wie ihren Augapfel hüteten, waren einfach zu kostspielig.

An diesem Novembernachmittag in Hallein saßen die Eltern Schratt, stilvoll in Tracht gekleidet, auf der Bühne ihres Lasters. Peter, ein vielseitig begabter Musiker, mit einem Violoncello, und Maria, die eine wunderschöne alte Zither so weich zum Klingen brachte, dass zusammen mit dem Cello und ihren feinen Stimmen ein unvergleichliches Musikerlebnis entstand. Immer mehr Passanten blieben stehen, um der Darbietung des uralten Weihnachtsliedes *Der Morgenstern ist aufgedrungen* zuzuhören. Der berührende Vortrag der beiden Wandermusiker zog die Zuschauer derart in ihren Bann, dass sie der Hektik des Alltags wenigstens für einige Momente entfliehen konnten. Ein älterer Herr kramte sein Portemonnaie hervor und legte behutsam ein paar Münzen in einen dafür bereitgestellten Hut – einige weitere taten es ihm gleich.

Aber Peter und Maria machten sich langsam Sorgen, wo denn ihr Sohn so lange bleibe. Broteinkaufen kann doch nicht so zeitraubend sein!

***

Lucas kam aufgrund seiner offenen Art bei Gleichaltrigen – und auch, weil er nicht schlecht aussah, besonders bei den Mädels sehr gut an. Ihm selber schien dieser Vorzug nicht aufzufallen; seine Neugier auf Neues und Anderes war einfach zu groß, um sich über sich selber und seine Wirkung auf andere viele Gedanken zu machen. So gesehen hatte er sich gerne an das Wanderleben, andere Länder, Völker und Mentalitäten gewöhnt.

Der Anfang jedoch war nicht leicht. Von heute auf morgen weg von zu Hause, alle Freunde verlieren und mit ihnen nur noch über Skype oder WhatsApp kommunizieren statt mit ihnen Fußball zu spielen, herumzutollen oder freche Mädels zu necken. Gut, manche seiner Freunde waren damals offenbar nur deshalb mit ihm zusammen, weil seine Eltern anerkannt und gut situiert waren. Als aber dann dieser Einschnitt kam, waren sie weg, und einige hatten sich sogar gegen Lucas gewendet und dummes Zeug über ihn und seine Familie verbreitet. Dazu meinte sein Vater dann cool: »Wer solche Freunde hat, braucht keine Feinde mehr.«

Die Schratts waren nicht immer Wandermusiker gewesen. Sie waren wegen der Gutgläubigkeit von Vater Peter einem üblen Spekulanten auf den Leim gegangen und hatten alles verloren, Haus mit Garten, Geld, Schmuck, alles; ausgenommen das, was Lucas als Eigentum besaß: die wertvollen alten Instrumente, die er von seinem Großvater geerbt hatte, und sein gut gefülltes Sparbuch. Damit konnte man den Laster kaufen und mit der Almhütte ausstatten. Die Schratts sahen keine andere Möglichkeit mehr, ihr Leben zu gestalten, als mit ihren Instrumenten zu tingeln. Trotz allem, das Familienleben war intakt geblieben. In guten wie in schlechten Zeiten hielten die drei fest zusammen, hatten in besseren gemeinsam gesungen und musiziert und damit – ohne es damals zu ahnen – die Basis für ihren heutigen Unterhalt geschaffen.

Im Laufe des Wanderlebens und der damit verbundenen notwendigen täglichen Arbeit hatte es sich ergeben, dass für Lucas viele Dinge des Alltags, mit denen sich seine Altersgenossen nach wie vor intensiv beschäftigen, ihren Reiz verloren hatten. Zum Glück, wie seine Eltern meinten. Handy und Tablet waren zwar hilfreich, um den Kontakt mit Freunden aufrechtzuerhalten oder als Lernhilfe, aber inzwischen kaum noch, um darauf Spiele zu spielen. Viel Zeit dafür hätte er ohnehin nicht gehabt, denn er musste immer wieder neue Lieder einstudieren, auf den Instrumenten üben – und, was kaum jemanden in seinem Alter zum Jubeln bringt, lernen.

Durch die bereits in jungen Jahren gemachten Erfahrungen dachte und reagierte Lucas erwachsener als die meisten Gleichaltrigen, ja er erkannte und durchschaute vieles sogar klarer und ungefärbter als so mancher Erwachsene. Doch diese Fähigkeiten halfen ihm nicht, dem zu entgehen, was an diesem Novembernachmittag auf ihn zukam – und auch nicht den daraus erwachsenen fatalen Konsequenzen.

Lucas stand in der Bäckerei, hatte sich mit Notwendigem für seine Eltern und sich eingedeckt und auch eine Schoko-Schnecke vom Vortag günstig erstanden. Bepackt mit einer großen, weißen Papiertüte trat er gut gelaunt aus der Bäckerei – vor ihm ein hübsches rothaariges Mädel mit einem grünen Halstuch, etwa in seinem Alter. Sie warf ihm einen koketten Blick zu und eilte davon.

Was nun geschah, erlebte Lucas wie in Zeitlupe: Das rothaarige Mädchen wollte die Straße überqueren, da glitt eine Semmel aus ihrer Einkaufstüte, rollte davon, zwischen zwei parkenden Autos hindurch und weiter auf die Straße. Das Mädel sprang hinterher, zwängte sich zwischen zwei am Straßenrand geparkten Geländewagen durch – getönte Scheiben versperren ihr die Sicht auf die Straße – sie sah das Auto nicht, das sich mit beachtlichem Tempo näherte. Blitzschnell erfasste Lucas die Situation, ließ fallen, was er in Händen hatte, sprang auf die Straße, packte das Mädchen an der Taille, wirbelte es hinter sich, vergaß dabei, dass nun er selbst mitten auf der Fahrbahn stand, und schaute mit weit aufgerissenen Augen dem heranfahrenden Auto entgegen. Er schloss seine Augen. Quietschende Reifen! Das Quietschen nahm kein Ende – schließlich doch. Als Lucas die Augen öffnete, war das Auto höchstens zehn Zentimeter vor seinen Knien zum Stehen gekommen – Stille – feiner weißer Nebel vom Streusalz stieg auf. Lucas wollte schon erleichtert aufatmen, ebenso der Autofahrer. Da! Wieder quietschende Reifen und noch ein Quietschen – in zwei unterschiedlichen Tonlagen. Dann ein knirschendes Aufprallgeräusch, und noch ein zweites. Das Auto, das vor Lucas zum Stehen gekommen war, wurde bis auf wenige Zentimeter auf den immer noch starr vor Schreck mitten auf der Fahrbahn verharrenden Lucas zugeschoben. Und dann noch ein Reifenquietschen und noch ein Aufprall. Nun aber sprang Lucas zur Seite – und keine Sekunde zu früh, denn der gesamte Konvoi wurde um mindestens einen halben Meter in die Richtung geschoben, wo Lucas gerade noch gestanden war.

Der letzte Wagen war ein besonders edles, großes und schweres Fahrzeug, gelenkt von einem uniformierten Chauffeur mit Namen Kunz – wie Lucas später erfuhr. Das rothaarige Mädel mit dem grünen Halstuch hatte mehr aus Interesse als mit Entsetzen mitangesehen, was es durch seine Unachtsamkeit ausgelöst hatte, und eilte nun flink und unbemerkt davon. Von ihr hatte keiner der Passanten etwas mitbekommen, und auch von Lucas nur einen Teil, denn deren Interesse lag eindeutig bei der Serienkarambolage.

Ratlos und immer noch durcheinander blickte Lucas dorthin, wo das Mädchen verschwunden war, dann zur ramponierten Autokolonne und schließlich zu Kunz, der aus der teuren Limousine kletterte und als perfekter Diener seines Herrn zur Vorderseite des Autos eilte, um zuallererst den Schaden an der Limousine zu begutachten.

Ein freundlicher Passant hatte Lucas' Bäckerwaren aufgesammelt, notdürftig sauber gewischt und ihm gereicht.

Geistesabwesend nickte ihm Lucas dankend zu.

Und mit dem souveränen Schritt eines routinierten Beamten betrat der Halleiner Stadtpolizist Blümler das Geschehen. Sein Büchlein zückend wollte er notieren, was ihm Beteiligte und Zeugen vom Unfall zu berichten hätten. Als Erstes befahl er den Gaffern, sofort Schluss zu machen mit der Filmerei und dem Fotografieren der Karambolage und der betroffenen Insassen, wenn sie nicht möchten, dass er ihre Handys konfisziere. Dann ordnete er an, dass Lucas sich nicht von der Stelle zu bewegen habe, um schließlich auf Kunz zuzusteuern. Dieser hatte vor lauter Buckeln, obwohl erst Mitte 30, schon einen krummen Rücken, den er unter seiner Uniform zu verbergen suchte. Als er den Polizisten Blümler auf sich zukommen sah, streckte er ihm sofort, unterwürfig grinsend, sein Unschuldsgesicht entgegen!

Nur ein paar Häuserzeilen weiter gaben Peter und Maria Schratt inzwischen, in schon erlebter Qualität, das Weihnachtslied *Brich an du schönes Morgenlicht* zum Besten. Ihren einfühlsamen Gesang begleiteten sie wieder mit dem antiken Cello und der schönen alten Zither. Lucas' Eltern waren schon ziemlich beunruhigt; Peter sah auf die Uhr – offensichtlich machten sie sich Sorgen um ihren Sohn – so lange wegzubleiben, nur um Brot zu kaufen? Da stimmt doch was nicht!

Kunz, der Fahrer der schweren Limousine, näherte sich nun ängstlich einem Café, aus welchem man den Auftritt der Schratts und das Treiben draußen auf dem Platz gut beobachten konnte. Am Tisch mit der besten Aussicht saß ein einzelner Herr, vor sich einen Espresso, an den Augen ein Opernglas, mit dem er die Sänger auf der »fahrenden Almhütte« genau fixierte. Dabei schien ihn die leise ins Caféhaus dringende weihnachtliche Musik nicht sonderlich zu interessieren, sein Augenmerk war vielmehr auf die alten Instrumente der beiden Schratts gerichtet. Der Mann hieß Alfons Rhomburg. Er war der alleinige Besitzer einer gigantischen Fastfood-Kette, welche primär seine »Rhomburger« zum Verkauf anbot, eine Art Burger, gefüllt mit Design-Fleisch und anderem nicht gerade gesundem, aber dem Durchschnittsgeschmack angepasstem Zeug.

Rhomburg war eine eiskalte Erscheinung, hatte hellbraune, fast schon gelbe, stechende Augen, eine Halbglatze, einen schmalen, harten Mund, war perfekt und teuer gekleidet, dazu trug er einen dicken Goldring am Finger und eine sündteure Platinuhr am Handgelenk. Einer, bei dem man auf Anhieb merkte: mit dem ist nicht gut Kirschen essen.

Kunz betrat unterwürfig das Café und reichte Rhomburg – er war offensichtlich sein Chef – vorsichtig einen Stapel Tageszeitungen.

»Es tut mir leid, Herr Rhomburg«, krächzte er ... und wurde sofort durch Rhomburgs knarrende, gefährlich leise Stimme unterbrochen: »Haben Sie die Zeitungen in Lappland gekauft oder wo waren Sie so lang, Kunz?«, worauf dieser stammelte: »Äh, nein ... Ich hatte einen kleinen Unfall, war aber nicht meine Schuld ...«

Kunz merkte dann aber, dass Rhomburg seine Erklärung gar nicht interessierte. Stattdessen schaute dieser wie gebannt zum Fenster hinaus. Kunz folgte seinem Blick und sah, wie sich Lucas, begleitet vom Polizisten Blümler, dem Laster seiner Eltern näherte. Aufgeregt zeigte Kunz auf ihn und sagte: »Da, das, das ist er, der wars!«

»Kunz, Ihre Geschichte interessiert mich einen Dreck, werfen Sie lieber einen Blick nach da oben!«, sagte Rhomburg und reichte ihm das Opernglas. Kunz schaute durch, suchte nach dem, was Rhomburg zu interessieren schien – und blieb auf den alten Instrumenten der Familie Schratt hängen. Sofort begriff er, worauf sein Chef es abgesehen hatte, und bestätigte dies mit einem breiten, konformistischen Grinsen.

Maria und Peter ahnten Schlimmes, als sie ihren Sohn in Begleitung eines Polizisten kommen sahen. Lucas lächelte etwas verkrampft zu ihnen hinauf, versuchte sie mit einem Schulterzucken – so als sei gar nichts passiert – zu beruhigen, ging dann gemeinsam mit Blümler die Treppen hinauf und verschwand mit ihm in der Hütte.

Peter und Maria sangen das Lied mit schneller werdendem Takt zu Ende – und kaum war der letzte Ton verklungen, verbeugten sie sich und eilten dem Applaus davon in die Hütte.

***

Lucas war mit seinem Unfallbericht fertig. Seine Eltern hatten mitgelesen und wirkten erleichtert, also war es für

Lucas' Vater kein Problem, den Bericht zu unterschreiben. Sein Sohn trug keine Schuld an der Karambolage, schließlich hatte er durch sein mutiges Handeln einen Menschen vor einem Unfall bewahrt, wenn nicht gar dessen Leben gerettet. Polizist Blümler nahm das Original des Unfallberichts entgegen – den Durchschlag erhielt Peter – und meinte, dass Lucas ein wahrer Held sei, wenn stimme, was er in den Bericht geschrieben habe. Man müsse jedoch die Göre erst finden, die er angeblich gerettet habe. Sie sei schließlich die einzige Zeugin – keiner der betroffenen Autofahrer habe sie gesehen und auch kein Passant. Doch auch wenn man sie nicht finden würde, sei dies kein Beinbruch, in diesem Fall müsse ja die Haftpflichtversicherung einspringen. Eine solche Versicherung hatten die Schratts allerdings nur für ihr Gefährt, nicht aber für das, was Lucas passiert war. Für so etwas war kein Geld übrig. Dann kann man nur hoffen, dass das Gericht Lucas glaubt – und wenn nicht, dass das Ganze nicht zu teuer wird, meinte der freundliche Polizist beruhigend und schickte noch die Floskel nach, die das Gegenteil meint: »Wird schon schiefgehen«.

Er salutierte und öffnete die Tür nach draußen, wodurch er Kunz beinahe die Treppe hinuntergestoßen hätte. Kunz wollte nämlich gerade anklopfen. Blümler entschuldigte sich bei ihm und meinte aufmunternd zu den Schratts: »Das ist übrigens der Herr, der sich am meisten über ihren Sohn aufgeregt hat. Vielleicht ist er da, um sich bei ihm zu entschuldigen«, und schloss dann hinter sich die Tür.

»Entschuldigen?« Kunz lächelte etwas schief und meinte: »Schauen wir mal ...«

Peter, Maria und Lucas begrüßten Kunz mit einem Nicken und warteten gespannt auf das, was er ihnen zu sagen hatte. Kunz aber sagte vorläufig gar nichts – wie es schien, hatte es ihm die Sprache verschlagen. Mit offenem Mund sah er sich staunend im Raum um, wobei seine Augen zu glänzen begannen, als er die vielen wunderschönen alten Instrumente sah. Obwohl die Hütte sehr klein war, hatte man allerhand davon hier untergebracht: Violinen, eine Viola, einen Kontrabass, ein Cimbal (ein ungarisches Hackbrett), Lucas' traumhaft schöne Gitarre, ein Akkordeon, Hackbrett, Posaune, Harfe, Laute, Flügelhorn et cetera – und alles in bestem Zustand. Die Instrumente hingen an den Wänden, standen auf Musikständern, lagen auf einer Kommode – eben überall da, wo Platz war und sie nicht beschädigt werden konnten.

Nachdem Kunz seine Sprechpause selbst etwas zu lang vorkam, grüßte er nun freundlich und sagte: »Äh, ja ..., die Lieder, die Sie da vorhin gesungen haben ... Ich soll Ihnen von meinem Chef ausrichten, dass ihn die Schönheit und der Charme Ihrer Darbietung mehr als verzaubert, ja sogar berührt hat. Und das hier soll ich Ihnen dafür überreichen.«

Mit diesen Worten legte er mehrere große Scheine auf den Tisch – insgesamt fünfhundert Euro!

Die drei Schratts betrachteten irritiert das viele Geld. »Da stimmt was nicht«, dachte Lucas sofort. So großzügig kann doch heutzutage niemand sein. Was will der Mann?

Kunz fuhr fort: »Mein Chef lässt außerdem fragen, was Sie für die Instrumente, die Sie vorhin gespielt haben, also für das Violoncello und die Zither da – er zeigte dabei auf die beiden Instrumente – haben möchten? Wären Sie mit 20.000 Euro zufrieden?«

Und schon legte er einen auf diesen Betrag ausgestellten Scheck Peter vor die Nase. Die Schratts schauten einander an. Schließlich holte Lucas tief Luft, aber bevor er etwas sagen konnte, ergänzte Kunz: »Anzeige würde ich dann natürlich auch keine machen ...«

Nun ging mit Lucas die manchmal etwas übertriebene Selbstsicherheit durch, denn dass eine Anzeige im Raum stand, konnte er beim besten Willen nicht vermuten: »Anzeige? Die können Sie ruhig machen! Schuld ist aber immer noch der, der hinten drauffährt, so viel weiß ich! Und die Instrumente sind nicht zu verkaufen!«

Und jetzt fand auch Maria ihre Stimme wieder: »Außerdem hat mein Sohn ein Menschenleben gerettet – und wäre dabei selbst beinahe zusammengefahren worden. Außerdem hat er recht, die Instrumente können wir tatsächlich nicht verkaufen. Wir leben von unserer Musik, von unseren alten Liedern, die ohne diese antiken Instrumente bei weitem nicht so schön klingen würden.«

Kunz überlegte eine Zeit und meinte dann: »Ihr letztes Wort?« Worauf die drei Schratts nickten und Kunz blitzschnell sein Smartphone zückte und dabei murmelte: »Ich darf doch?« Bevor die Familie reagieren konnte, fotografierte er all die schönen, alten Instrumente, bedankte sich, nahm den Scheck wieder an sich und machte sich davon.

Stille.

Wohl war der Familie Schratt jetzt nicht zumute. Irgendetwas hatte der Kerl vor! Was das war, sollte sie ein paar Wochen später erfahren, als sie wegen eines wichtigen Termins eigens von Südtirol, wo sie mehrere Auftritte hatten, wieder in die zweitgrößte Stadt des Salzburger Landes zurückkehren musste.

Das Halleiner Bezirksgericht war nicht mehr ganz neu – und das sah man ihm auch an. Als Sohn fahrender Sänger hatte Lucas schon einige Schulhäuser aus ähnlicher Entstehungszeit erleben müssen. Als er nun mit seinen Eltern das Gebäude betrat, trug dieser Eindruck nicht gerade dazu bei, sein mulmiges Gefühl zu vertreiben. Die Gänge rochen nach Bohnerwachs und Enttäuschung.

Kurze Zeit darauf fanden sich Lucas und Peter Schratt auf der Anklagebank wieder – ihnen gegenüber saßen der Kläger, Chauffeur Kunz, und dessen Anwalt. Am Richtertisch thronten ein eher teilnahmslos wirkender Richter in schwarzer Robe; neben ihm die Beisitzerin. Anwalt hatten die Schratts keinen. Hinten, einige Reihen von Maria Schratt entfernt, erspähte Lucas eine ihm fremde Person mit dunkler Brille: Rhomburg, den Chef des Klägers Kunz. Noch kannte er diesen im Halbdunkel sitzenden, geheimnisvoll wirkenden Mann nicht.

Am Wort war der Richter und der war gar nicht so teilnahmslos, wie es anfangs schien. An Kunz gewandt sagte er: »Alle anderen am Serienunfall Beteiligten haben ihre Schäden über ihre Versicherungen geregelt – wieso Sie die Familie Schratt angezeigt haben, anstatt Ihre Vollkaskoversicherung für den Schaden aufkommen zu lassen, entzieht sich meiner Kenntnis, Herr Kunz. Kann es sein, dass Ihr Chef den Bonus seiner Versicherung nicht verlieren wollte? Egal, ist schließlich nicht mein Problem.«

Während Kunz verstohlen und peinlich berührt zu seinem keine Miene verziehenden Chef blickte, zuckten die Schratts zusammen, als der Richter laut mit seinem Hammer auf den Tisch klopfte und sich weiter an Kunz wandte: »Es waren zweifelsfrei Sie, der den erforderlichen Sicherheitsabstand nicht eingehalten hat, Herr Kunz. Den Paragraphen, der das regelt, erspare ich mir zu verlesen. Ich verurteile Sie hiermit zur Zahlung von Euro 28.467,16.

Diese Summe beinhaltet den errechneten Schaden, den Sie durch Ihren Aufprall verursacht haben, die gesetzliche Mindeststrafe und sämtliche Prozesskosten.«

Kunz drehte sich nun ziemlich entsetzt zu Rhomburg um und erhaschte dessen kaum merkliche, beruhigende Geste. Zugleich wollten Lucas, Peter und Maria erleichtert aufatmen, doch der Richter setzte, an Peter gewandt, fort: »Und Sie, Herr Peter Schratt, Sie haben Ihre Sorgfalts- und Aufsichtspflicht gegenüber Ihrem Sohn Lucas verletzt. Leider hat dieses Mädel, das Ihr Sohn angeblich gerettet haben soll, außer ihm niemand gesehen. Ich muss also dem Gutachten des Sachverständigen folgen und verurteile Sie zur Zahlung einer Restsumme von 14.000 Euro; darin ist auch Ihre Strafe enthalten. Beide verurteilten Parteien können natürlich Berufung einlegen. Die Sitzung ist geschlossen.«

Peter, Maria und Lucas Schratt blieben betroffen sitzen, während die anderen sich erhoben und den Saal verließen – ausgenommen Kunz. Dieser eilte aufgeregt zu Rhomburg und erfuhr von ihm, dass seine Strafe natürlich mit dessen Versicherungen geregelt werden würde und ihm nur die Gerichtskosten blieben. Kunz war erleichtert. Rhomburg gab ihm noch einige Anweisungen und verließ dann ebenfalls den Raum.

Peter blickte ihm nach und seufzte: »14.000 Euro, wo sollen wir die denn hernehmen? Und Berufung? Um Gottes willen, dann wird's ja noch teurer! Auf keinen Fall!«

Daraufhin Lucas, pendelnd zwischen Verzweiflung und Wut: »Das ist ungerecht, ich kann nämlich echt nichts dafür! Wieso glauben die mir nicht?!«

Plötzlich stand Kunz bei ihnen und sagte überaus freundlich: »Herr Schratt, mein Chef macht Ihnen noch einmal ein Angebot, da er annimmt, dass Sie sich schwertun, eine so hohe Summe zu begleichen. Hören Sie zu: Unsere Firma feiert dieses Jahr am Heiligen Abend ein großes Jubiläum. Herr Rhomburg meint, vielleicht hätten Sie ja Lust, da aufzutreten. Er bietet Ihnen ein Honorar von 20.000 Euro. Darüber hinaus wird dieser Event auch im Fernsehen übertragen. Sie wären dann vermutlich über Nacht berühmt und sicher auf lange Zeit Ihre Geldsorgen los. Ihr Programm sollte ein paar Weihnachtslieder beinhalten und als Höhepunkt selbstverständlich das Lied *Stille Nacht.* Mein Chef muss es aber sofort wissen, sonst engagiert er jemand anderen. Den Vertrag habe ich dabei.«

Mit diesen Worten zog er einen fertigen Vertrag aus seinem Aktenkoffer.

Stille. Staunen.

Kunz weiter: »Lesen Sie ihn bitte schnell durch. Ich erkundige mich inzwischen, wann Sie aus dem Saal hier rausmüssen.« Dann eilte er davon.

Peter, Lucas und Maria lasen schnell und ziemlich aufgeregt den Vertrag. Ein großzügigeres Angebot als dieses hatten sie noch nie erhalten, nicht einmal davon zu träumen gewagt. Kunz hatte recht, damit wären sie alle Sorgen los. Doch Maria, die fast immer die Übersicht bewahren konnte, entdeckte eine Klausel im Vertrag, die sie irritierte. »Wenn wir den Vertrag nicht erfüllen können, müssen wir 20.000 Euro Konventionalstrafe zahlen«, sagte sie und erklärte weiter, »und wenn wir nicht zahlen können, haften wir mit all unseren Instrumenten!«

Die Schratts schauten sich an, überlegten, wirkten skeptisch. Doch dann meinte Lucas: »Was soll schon passieren? Außerdem *müssen* wir unterschreiben, wie sollen wir denn sonst die Strafe von 14.000 Euro zahlen! Dazu müssten wir ohnehin eines oder mehrere unserer Instrumente verkaufen! Wenn wir aber den Vertrag unterschreiben, ist die Strafe für uns kein Problem und es bleiben immer noch 6000 Euro für uns übrig! Berühmt werden wir dann auch, schließlich sind wir dann im Fernsehen – und wir sind gut! Das weiß dieser Rhomburg, sonst würde er uns ja nicht engagieren!«

Wie auf Stichwort kam Kunz zurück: »Na, wie sieht's aus?«

Peter unterzeichnete wortlos und überreichte ihm den Vertrag, worauf Kunz 5000 Euro auf den Tisch blätterte. »Ein kleiner Vorschuss, wenn Sie den bitte hier bestätigen ...«

Peter unterschrieb die Bestätigung und Kunz machte sich merkwürdig freudig und eilig auf den Weg nach draußen zu seinem Herrn, folgende Worte hinterlassend: »Wir sehen uns! Ich freu mich schon – und mein Chef auch!«

Die Schratts sahen ihm lange nach und hatten das Gefühl: Hier ist etwas faul. Nur wussten sie noch nicht was.

»Wo ist der Haken?«, meinte Maria.

»Wenn es einen gibt, werden wir früh genug an ihm hängen«, versuchte Peter gute Laune zu verbreiten, und legte den Arm um Lucas und Maria. »Tun wir einfach so, als ob uns heute das Glück auf den Kopf gedonnert wäre, und gehen fein essen. Ich jedenfalls habe Hunger!«

Und sie gingen essen, seit langem wieder einmal in ein gutes Restaurant, ließen es sich schmecken und träumten anschließend davon, dass es eines Tages normal sein würde, dann essen gehen zu können, wann sie es wollten – ohne jeden Cent drei Mal umdrehen zu müssen, ohne sich nachher darüber zu ärgern, Geld dafür ausgegeben zu haben.

***

Am nächsten Tag fuhr die rollende Alm der Familie Schratt über die Landstraße in Richtung Festspielstadt Salzburg. Peter saß hinter dem Steuer, Lucas surfte neben ihm mit seinem Tablet im Internet und Maria war in den Vertrag vertieft.

Salzburg, hier waren sie schon oft, hatten alle Sehenswürdigkeiten besichtigt, die Festung, das Haus der Natur und die anderen Museen, hatten im Sommer am Domplatz den »Jedermann« gesehen, den Mirabellgarten und die Wasserspiele in Hellbrunn – diese hatten Lucas jedes Mal begeistert – wie auch den naturbelassenen Tiergarten nebenan, der direkt an einen hochragenden Felsen gebaut ist. Eine Stadt, in der es sich leben lässt, mit unterschiedlichsten Bildungs- und Unterhaltungsangeboten, Sehenswürdigkeiten und Einkaufsmöglichkeiten, mit vielen Seen in der Umgebung, den Bergen zum Schifahren und Wandern nicht weit. Hier könnten sich die Schratts vorstellen, einmal sesshaft zu werden.

Während Peter auf den Verkehr achtete und sich mit sorgenvollen Gedanken dem Zentrum der Stadt näherte, begann Maria plötzlich laut aus dem Vertrag vorzulesen: »Das Lied *Stille Nacht* muss exakt so vorgetragen werden wie vom Textdichter Josef Mohr und dem Komponisten Franz Xaver Gruber zur Uraufführung am 24. Dezember des Jahres 1818 in Oberndorf bei Salzburg.«

»Na und?«, war Lucas' spontane Reaktion, »diesen Absatz hatten wir doch schon gelesen! – Sekunde bitte ...«

Er googelte auf seinem Tablet, fand die Webseite der Stille-Nacht-Gesellschaft und dort die Originalabschrift dieses weltberühmten Liedes. »Da, hier sind die Originalnoten und der originale Text oder die ‚Authentische Veranlassung', wie es hier heißt. ... Zwei Männerstimmen – ich werde die Tenorstimme geben, Papa den Bass, ich begleite uns mit der Gitarre und den Chor für die Wiederholung des Refrains, den wird dieser Rhomburg besorgen müssen. Was also ist das Problem?«

Maria nahm daraufhin das Tablet an sich und las, was noch über das Lied auf der Webseite steht, und sagte dann: »Diese Abschrift stammt zwar vom Komponisten Franz Xaver Gruber selbst, doch die ist aus dem Jahr 1854 – das sind fast 40 Jahre nach der Uraufführung! Und dann steht da noch, dass jüngst ein Druck entdeckt wurde, der vor 1832 entstanden war. Schon zwischen diesen beiden Fassungen gibt es Unterschiede und bei der Fassung aus dem Jahr 1832 werden sogar Fehler bei der Abschrift vermutet! Und die Originalnoten sind verschollen, lieber Lucas!«

»Na gut, dann singen wir eben von der zuletzt entdeckten Fassung das, was uns logisch erscheint, und den Rest von der vom Gruber«, tönte Lucas. »Mehr als das, was die Stille-Nacht-Gesellschaft schreibt, kann der Rhomburg auch nicht wissen.«

Daraufhin sein Vater: »Und wenn Rhomburg die Originalfassung aus dem Jahr 1818 besitzt und die stimmt mit keiner der anderen Fassungen überein?«

Stille.

Dann Lucas: »Der hat keine Originalfassung! So gierig wie der ist, hätte er die längst für mehrere hunderttausend Euro versteigert.«

»Trotzdem werden wir einen Beweis brauchen, dass das Lied, wie wir es singen, die Originalversion ist. *Wir* werden es nämlich beweisen müssen – nicht er, steht im Vertrag«, sagte Maria, worauf Peter nach einer Zeit des Nachdenkens sarkastisch meinte: »Den Haken, an dem wir hängen, haben wir ja dann gefunden. Merkt ihr was? Dieser Rhomburg hat alles von Anfang an eingefädelt, auch die Anzeige. Sogar der Richter hat sich darüber gewundert. Der hat es ausschließlich auf unsere Instrumente abgesehen.«

Daraufhin Lucas: »Mist ..., also haben wir nur eine einzige Möglichkeit: Wir müssen bis zu diesem Event 20.000 Euro verdienen.«

»Und 14.000 für die Strafe«, fügte Peter hinzu.

»34.000 Euro! Und das in ganz wenigen Wochen! Das ist nie im Leben zu schaffen. Also sind wir unsere Instrumente so oder so los«, meinte resignierend Maria.

»Nein, Mama, erstens sind wir dann nicht alle unsere Instrumente los, weil die sind viel mehr wert, und zweitens *müssen* wir es schaffen. Besser gesagt, *ich* muss das Geld auftreiben, ich bin ja auch schuld an der ganzen Scheiße ... Verzeihung ... Aber stimmt doch, oder?«

***

Es war Nacht. Das originelle Wohnmobil der Familie Schratt stand jetzt in Nähe des gewaltigen Salzburger Doms. Die Anreise nach Hallein, dort die Verhandlung bei Gericht und die Weiterfahrt hierher mit diesem nicht leicht zu manövrierenden Gefährt war anstrengend. Peter und Maria schliefen tief.

Plötzlich, ganz leise, öffnete sich das kleinste Fenster der Almhütte auf dem Laster und Lucas hievte – kein unnötiges Geräusch verursachend – seinen Gitarrenkoffer heraus. Ebenso vorsichtig und leise kletterte er hinterher. Er war warm angezogen – eine Erkältung konnte er gerade jetzt nicht brauchen – und das, was er ab nun täglich nachts unternehmen wollte, sollte sein Geheimnis bleiben, denn seine Eltern würden es ihm nie erlauben.

Eilig machte er sich auf in Richtung Nachtleben, wo sicher einige kunstsinnige und betuchte Spender zu finden waren, die Lucas für einen originellen Soloauftritt mit dem einen oder anderen Euroschein belohnen würden. So stellte es sich Lucas vor. Wenig später hatte er die romantischen Gässchen der Altstadt erreicht und entdeckte gleich eine belebte Bar. Er marschierte schnurstracks darauf zu und am bärtigen Türsteher vorbei – ohne ihn anzusehen. Schon dachte er, den Mann überrumpelt zu haben, als ihn dieser am Kragen erwischte und freundlich brummte: »Das Kinderheim ist drei Straßen weiter, mein Freund.«

Lucas dachte nicht daran, sich so schnell abweisen zu

lassen: »Ich muss da drin spielen! Ich bin echt gut: Blues, Swing, Rock, was Sie wollen ... Eure Gäste werden mich lieben. Wollen Sie eine Probe hören?«

Damit wollte er seine Gitarre auspacken. Der Türsteher klappte aber Lucas' Gitarrenkoffer sofort wieder zu und meinte: »Morgen, mein Sohn, da kannst du den ganzen Tag in der Getreidegasse trällern, morgen, klar?«

Lucas erwiderte eindringlich: »Hören Sie, ich bin doch nicht zum Spaß hier! Ich muss ganz schnell ganz viel Geld verdienen!«

Der Türsteher war nicht zu erweichen: »Ob du's glaubst oder nicht, Kumpel, genau das muss ich auch. Und deswegen versteh ich dich gut und würde dich sogar reinlassen, aber der Jugendschutz nicht, verstehst du? Also ab jetzt nach Hause!«

Damit schob er Lucas sanft in die Richtung, aus der er gekommen war.

Wegen einer Niederlage aufgeben war nicht Lucas' Sache. Also stand er kurze Zeit später in einer Toreinfahrt in der Nähe von Mozarts Geburtshaus und spielte und sang ein poppiges Weihnachtslied. In ermutigender Regelmäßigkeit landeten Münzen in seiner Mütze, bis plötzlich eine kräftige Männerhand danach griff und ihm reichte. Vor Lucas stand nun ein Polizist: »So, mein Freund und jetzt ab nach Hause. Es ist längst schon Erwachsenenzeit!«

Lucas war klug genug, um zu spüren, wann Widerstand sinnlos war. So nickte er zum Einverständnis, packte Gitarre, Mütze und die Kollekte ein und trollte sich.

Ein paar Straßenecken weiter interessierte ihn eine weitere Musikbar – Türsteher war keiner zu sehen – und Lucas dachte, jetzt wird es klappen. Er freute sich schon auf seinen Auftritt und steuerte zügig auf die Bar zu, da klopft ihm jemand auf die Schulter. Lucas dreht sich um: Es war der freundliche Polizist. Daraufhin Lucas schlagfertig: »Alles klar, hab mich nur verlaufen, gehe schon, bin in einer Minute zu Hause.«

Unverrichteter Dinge und ziemlich geknickt machte sich Lucas nun tatsächlich auf den Heimweg. Ehrlich gesagt raubte ihm die Kälte dieser sternenklaren Nacht ohnehin schon beinahe die Sinne – auch seine Finger waren zum Gitarrespielen schon viel zu steif und seine Stimme zum Singen zu zittrig …

Als er dann fröstelnd um die nächste Ecke bog, forderte ein seltsames Glitzern seine Aufmerksamkeit. Bunte Schneeflocken schienen plötzlich wie Schmetterlinge vom Himmel zu taumeln! Fasziniert richtete Lucas den Blick nach oben und konnte sich an diesem eigenartigen Schauspiel kaum satt sehen, bis eine überirdisch anmutende Lichtquelle seine Aufmerksamkeit auf sich zog. Jetzt wurde Lucas doch etwas mulmig zumute, fast unheimlich war ihm plötzlich – doch seine Neugier war stärker. Und auf einmal war ihm nicht mehr kalt, im Gegenteil: Eine wohlige Wärme stieg in ihm hoch. Das bunte Schneetreiben ließ nach und gab mehr und mehr ein Schaufenster frei, welches die Quelle dieses Zauberlichts zu sein schien. Als besonders merkwürdig empfand es Lucas plötzlich, dass außer ihm niemand auf dieses faszinierende Lichtereignis reagierte – es waren ja doch noch einige Nachtschwärmer um ihn herum unterwegs. Sehen die denn dieses merkwürdige Schaufenster nicht?, fragte er sich.

Und plötzlich, wie von einer unsichtbaren Kraft angezogen – und auch ohne jegliche Angst – näherte sich Lucas dem Schaufenster. Auf einem Schild über dem Eingang konnte er lesen: MUSIKLADEN ALACHIM, darunter etwas kleiner: Seltene Musikinstrumente zu jeder Tages- und Nachtzeit! Lucas sah nun gebannt ins Schaufenster: welch wunderbare alte und seltene Musikinstrumente, getaucht in feines, bläuliches Licht, waren da zu sehen! Auch eine wunderschöne Gitarre! Sogar sehr günstig für nur 1990 Euro. Lucas bemerkte nicht, dass es um ihn herum totenstill geworden war, dass plötzlich weit und breit keine Menschenseele mehr zu sehen, kein Verkehrslärm mehr zu hören war ... Auch die Glockenschläge der vielen Kirchen der Stadt sagten keine Zeit mehr an.

Was soll mir schon passieren, dachte Lucas, er hatte ja niemandem etwas getan, es wird also schon seine Richtigkeit haben, was jetzt um ihn herum und mit ihm geschieht. Warum dann nicht auch hineingehen in diesen faszinierenden Laden? Gedacht – getan: Lucas drückte die Klinke, die Tür schwang wie von Geisterhand bewegt auf und ein silberhelles Glöckchen ertönte. Lucas trat ein und sofort ging die Tür hinter ihm wieder zu. Lucas blickte sich um – und fast wären ihm die Augen aus dem Kopf gefallen: Überall hingen Geigen und Bratschen von der Decke, Gitarren und Harfen standen zwischen Statuetten, Büsten und Bildern berühmter Komponisten, Kontrabässe, Celli – einfach alles, was ein Musikerherz begehrt.

Doch etwas passte nicht so richtig hierher, oder doch? Lucas jedenfalls war davon irritiert. Zwischen den Bildern berühmter Persönlichkeiten der Musik hing nämlich ein Gemälde, welches das Porträt einer spitzbübisch wirkenden Frau zeigte, Lachfältchen im einprägsamen, weichen Gesicht, strahlend blaue Augen, mittellanges, wirres, silbernes Haar. Lucas hatte das merkwürdige Gefühl, als würde ihn die Dame persönlich anlächeln und allen seinen Bewegungen mit ihren wachen Augen folgen. Nachdem ihn das Bild in seinen Bann gezogen hatte, nahm er nicht sofort wahr, dass aus dem Dunkel des Nebenraums eine Gestalt langsam und lautlos auf ihn zuschritt … Und als ihn die Gestalt plötzlich ansprach, erschrak er fürchterlich.

»Guten Abend, junger Mann«, hörte er sie sagen.

Und jetzt, nachdem er im Gegenlicht nur die Konturen dieses auf ihn unheimlich wirkenden Wesens wahrnehmen konnte, hatte er plötzlich Zweifel, ob es eine gute Entscheidung war, hier einzutreten.

Die Gestalt trat jetzt ins Licht des Verkaufsraumes und entpuppte sich als uralter Mann mit einem überaus freundlichen Gesicht. Die Jahre hatten seinen Rücken gebeugt, er hatte langes, schneeweißes Haar, einen ebensolchen Bart, tiefe Furchen im Gesicht, die ein langes Leben mit vielen guten und nicht so guten Erfahrungen gegraben hatte. Alachim war sein Name, erfuhr Lucas, als der Mann sich bei ihm vorstellte. Er sei der Besitzer dieses Ladens und gerade dabei gewesen, einer alten Geige neues Leben einzuhauchen, daher habe er Lucas nicht sofort bemerkt, entschuldigte er sich.

Alachim ging hinter die in fast unwirklich blaues Licht getauchte Ladentheke und blickte Lucas, der nicht wusste, wie er sich verhalten sollte, erwartungsvoll an. Lucas, ängstlich, aber schlau, wie er war, wollte besser gar nichts als etwas Falsches sagen und zuckte heftig zusammen, als Alachim zu reden begann: »Na, junger Mann, wieso so stumm? Kann ich etwas für dich tun? Willst du mir deine Gitarre verkaufen?« Dabei deutete er auf Lucas' Gitarrenkoffer.

Lucas versuchte sich zu sammeln und stammelte: »Die ... die ... die Gitarre, meinen Sie? Verkaufen? Ich? Ja, vielleicht ..., aber die ist sehr wertvoll!« Langsam wurde er sicherer: »Sie haben ja eine Wahnsinnssammlung hier. Echt! Haut mich aus den Socken – ich meine, ist imponierend.«

Alachim sagte kein Wort, schaute Lucas nur freundlich an. Lucas fühlte sich daher aufgefordert, weiterzureden, legte seinen Gitarrenkoffer aufs Verkaufspult, wischte ihn mit seinem Taschentuch von den Schneeflocken trocken und sagte: »Verkaufen? Nein, verkaufen möchte ich sie nicht. Vielleicht tauschen, wenn das möglich ist. Da im Schaufenster, die schöne Gitarre, die Höfner HM88-CE, die hätte ich gern. Nur ist die meine – denke ich – ungefähr 20.000 Euro wert, brauchen würde ich aber ungefähr 35.000 und die Höfner haben Sie mit nicht ganz 2000 angeschrieben …«

Alachim lächelte und zeigte auf den Koffer: »Darf ich deine Gitarre sehen?«

Lucas nickte und öffnete den Koffer. Seine wunderschöne klassische Gitarre wurde sichtbar. Alachim nahm sie vorsichtig heraus, betrachtete sie, drehte und wendete sie, entlockte ihr einige wohlklingende Töne und sagte dann: »Eine Ramirez Anniversary S, die Jubiläums-Meistergitarre, limitiert auf 125 Stück, für die müsste man tatsächlich mehr als 20.000 Euro zahlen.«.

Lucas strahlte. Damit wäre ein nicht unerheblicher Teil seiner Probleme gelöst. »Super«, meinte er, »also wenn Sie mir die 20.000 Euro geben, oder sagen wir 18.000, dazu die Höfner da im Schaufenster, okay, dann machen wir den Deal. Nur eine Bitte habe ich: Zu Weihnachten haben meine Eltern und ich einen Event, da sind wir auch im Fernsehen und es könnte sein, dass wir dann Angebote bekommen, wo wir viel Geld verdienen. Dann würde ich die Gitarre gerne wieder zurücktauschen, geht das?«

Alachim lächelte, machte eine lange Pause und meinte: »Ich seh' schon, gern trennst du dich nicht von ihr.«

Lucas antwortete spontan mit »stimmt« und sagte weiter: »Ich meine, wenn es nicht anders geht, also …«

»Ist schon in Ordnung«, unterbrach ihn Alachim, »was man spontan sagt, das zählt – der erste Gedanke, nur der sagt, was man wirklich fühlt. Deine Eltern und du, ihr habt ein schier unlösbares Problem. Und den Mann, der euch in seinen Fängen hat, den werdet ihr mit 20.000 Euro Konventionalstrafe nicht zufriedenstellen können. Und wie du gesagt hast, fehlen dann ja immer noch 16.000 Euro, wenn du auch die Gitarre im Schaufenster haben möchtest. Lucas, dieser Mann hat es ausschließlich auf eure Instrumente abgesehen. Und um die zu kriegen, fällt ihm immer wieder etwas Neues ein. Zum Beispiel darfst du deine Gitarre gar nicht verkaufen, denn in eurem Vertrag steht wortwörtlich ›komplette Instrumentensammlung‹, damit sind alle eure Instrumente zum Zeitpunkt der Vertragsunterschrift gemeint – ihr habt ein Veräußerungsverbot, verstehst du?«

Das war neu – so hatte den Vertrag bislang noch kein Familienmitglied verstanden. Also sind sie doch alle ihre schönen Instrumente los. Keine gute Nachricht. Zudem staunte Lucas, woher der alte Mann das alles wusste – und bekam auch sofort die Antwort: »Wundere dich nicht, wieso ich das alles weiß, finde dich einfach damit ab. Ich weiß aber auch, dass du nichts Schlechtes getan hast – im Gegenteil. Du wolltest ein Menschenleben retten.«

Lucas beeilte sich zu sagen: »Na ja, Leben retten ist vielleicht übertrieben, ich wollte helfen, einen Unfall zu vermeiden.«

Alachim mochte Lucas' Bescheidenheit und sagte: »Und trotzdem du Gutes getan hast, wirst du bestraft. So ist unsere Rechtsprechung. Gute Taten muss man genauso beweisen können wie schlechte.« Mit diesen Worten ging Alachim zu einem alten Tresor. Über seine Worte nachdenkend schaute Lucas zu, wie er mit mehreren großen Schlüsseln den schweren gusseisernen Schrank öffnete und dann einen kleinen, in ein nachtblaues Tuch gewickelten Gegenstand herausnahm. Dabei erklärte er Lucas, dass fast alle Menschen, die ihm die Instrumente, die er hier sah, verkauft hatten, nicht glücklicher geworden sind. »Im Gegenteil«, setzte er fort, »sie dachten, dass Glück etwas sei, was nichts mit ihrem persönlichen Handeln zu tun hätte. Das war ihr großer Irrtum.«

Alachim blickte Lucas lange an, als ob er ihn prüfen wollte. Lucas versuchte zu lächeln, wurde unsicher, obwohl ihm sein Instinkt sagte, dass er diesem Mann vertrauen konnte. Nur die Dame auf dem Bild an der Wand mit ihren beweglichen Augen, die machte ihn nervös.

Alachim wickelte den Gegenstand aus dem blauen Tuch und eine kleine Flöte kam zum Vorschein. Sie war aus schwarzem Ebenholz, versehen mit winzigen, mit Blattgold verzierten seltsamen Zeichen und Ziffern und glattgeschliffen durch die vielen Hände, die auf ihr gespielt haben müssen …

»Hier, junger Mann«, sagte Alachim, »spiel die Flöte. Wenn du ihr keinen Ton entlocken kannst, sind deine Probleme sehr einfach zu lösen. Dann brauchst du die Flöte nicht. Wenn sie aber jetzt erklingt, dann …, dann wirst du sie dringend brauchen. Also versuche sie zu spielen!«, forderte Alachim ihn auf.

Vorsichtig setzte Lucas die Flöte an den Mund und blies ebenso vorsichtig hinein. Ein seltsam wohlklingender, heller Ton erklang – und während er gekonnt die Tonleiter spielte, kam Wind auf, die Gitarre wurde erfasst und wie von unsichtbarer Hand sanft in den Gitarrenkoffer zurückgelegt – sogar der Deckel klappte ganz von alleine zu. Und beinahe gleichzeitig glitt die kleine Flöte aus Lucas' Hand und schwebte wie von Geisterhand in seine Jackentasche.

In einer Minute war alles vorbei, so als ob nichts geschehen wäre. Lucas wusste nicht, wie ihm geschah, die Haare standen ihm steil zu Berge. Bewegungslos, um ja keinen Fehler zu machen, stand er da, bis Alachim die Stille unterbrach: »Also gut, Lucas, die Flöte wollte zu dir, somit ist sie jetzt dein Eigentum. Gehe sorgfältig mit ihr um. Der Sage nach stammt sie aus einem uralten Schloss in Spanien mit dem Namen Arragoz. Merke dir den Namen gut.«

Lucas murmelte andächtig: »Arragoz« und wiederholte den Namen mehrmals.

Alachim weiter: »Und spiele die Flöte nur, wenn du sicher bist, dass du Gutes damit erreichen möchtest oder wenn du wirklich in Not bist. Bedenke: Missbrauchst du sie, verliert sie ihren Zauber – und zwar für immer! Und was du auch mit der Flöte unternimmst, etwa eine Reise in eine andere Zeit, in die Vergangenheit oder in die Zukunft, im Jetzt und Heute vergeht keine Sekunde, auch wenn du glaubst, lange weggewesen zu sein. Und worauf du besonders achten musst, Lucas: Wohin dich die Flöte auch führt, verändere dort nichts, was die Gegenwart beeinflussen könnte. Nichts! Hast du gehört? Denn niemand weiß, was geschieht, wenn du das tust!«

Alachim zeichnete dann mit seiner rechten Hand das Unendlichkeitszeichen in die Luft – eine liegende Acht. Was das zu bedeuten hat, schaffte Lucas nicht mehr herauszufinden, denn dem folgte ein heftiger Wind, eine fast unwirklich klingende Melodie, ein gewaltiger Blitz, ein ohrenbetäubender Donner – und ...

***

Lucas erwachte in seinem Bett in seiner Kammer am Lastwagen. Schweißüberströmt setzte er sich auf. Es war helllichter Tag. Was war denn das für ein eigenartiger Traum? Lucas starrte auf den Gitarrenkoffer, der vor ihm am Fußende des Bettes stand. Er hatte Herzklopfen, sammelte sich, beruhigte sich, erkannte die vertraute Umgebung. Oder war das gar kein Traum? Natürlich war's einer, was denn sonst?! Er dachte nach, sein Blick fiel auf seine Jacke, die an einem Stuhl hing. Zögernd stand er auf, vorsichtig griff er in die Jackentasche – staunte und zuckte zurück! Noch einmal griff er hinein und konnte es nicht glauben: Langsam und vorsichtig zog er die Flöte Arragoz heraus. Lange betrachtete er sie, drehte sie hin und her, studierte die zierlichen Ornamente und wollte zum Spielen ansetzen, als eine helle, weibliche Stimme ertönte: »Aber hallo, was hast du denn jetzt vor?«

Erschrocken drehte sich Lucas in die Richtung, aus der die Stimme kam. Zum Fenster herein schaute ein vergnügt wirkendes, schon etwas älteres weibliches Wesen, mit in alle Himmelsrichtungen abstehendem Haar. Und als sich seine Augen an das Gegenlicht gewöhnt hatten und er die klaren blauen Augen der Dame sah, fiel es Lucas wie Schuppen von den Augen: Die Dame war genau jene, deren Porträt in Alachims Laden an der Wand hing! Lucas sammelte sich und stammelte: »Äh …, bitte? Sie meinen, was ich …, was ich vorhabe?«

Ohne ihre Freundlichkeit zu verlieren, aber doch mit bestimmendem Ton sagte sie: »Was hat dir mein Freund Alachim wortwörtlich gesagt? ›Und spiele die Flöte nur, wenn du sicher bist, dass du Gutes damit erreichen möchtest oder wenn du wirklich in Not bist. Bedenke: Missbrauchst du sie, verliert sie ihren Zauber – und zwar für immer!‹ Schon vergessen?«

Lucas setzte die Flöte sofort wieder ab und beeilte sich zu sagen: »Aber ich wollte doch nur ein paar Töne spielen, um zu sehen, ob die Flöte funktioniert!«

»Oh, dann tut es mir leid«, sagte sie bedauernd, »bin eben noch etwas nervös. Ich kenne dich ja noch nicht so gut.«

Lucas atmete tief durch und begann sich langsam mit dem Erstaunlichen abzufinden. In seinem 12-jährigen Leben war er schon mehrmals mit eigenartigen Situationen konfrontiert worden, die er alle irgendwie meistern konnte – ausgenommen natürlich diesen Unfall wegen einer lächerlichen Semmel! Aber das, was jetzt mit ihm und um ihn herum geschieht, damit fertig zu werden oder fehlerlos damit umzugehen – ob ihm das gelingen wird, das steht in den Sternen.

»Wer sind Sie denn eigentlich?«, fragte er vorsichtig.

»Wer ich bin? Gut. Wie fange ich an? Vielleicht so: Früher, vor mehr als tausend Jahren hieß ich Armanda, dann kam jedes Jahrhundert eine Zahl dazu, von eins bis dreizehn. Das Armanda ging im Laufe der Jahrhunderte verloren und jetzt heiße ich Dreizehn. Und weißt du, woran das liegt? Weil ich dreizehn Mal einen Mist nach dem anderen gebaut habe, besser gesagt, meine Schützlinge – und was denkst du, womit?«

Lucas zuckt die Achseln.

»Mit deiner Flöte! Und ich dumme Gans konnte es nicht verhindern. Ist dir klar, was das für mich bedeutet hat? Das dreizehnte Mal musste ich jetzt wieder ganz von vorne anfangen, und das in genau 1313 Jahren! Das ist kein Zuckerschlecken, mein Lieber. Und weil ich mit dir jetzt das dreizehnte Mal unterwegs bin, heiße ich jetzt Dreizehn. Wenn also du auch Mist baust und ich kann es wieder nicht verhindern, dann geht der ganze Zirkus nochmals von vorne los und man nennt mich Vierzehn! Ein völlig verblödeter Name. Dreizehn klingt da schon besser. Du kannst mich also Dreizehn nennen, klar? Mann, schau doch nicht so zerknittert, du träumst nicht, mich gibt's wirklich, also los, sag meinen Namen!«

Lucas jetzt mit schüchterner Stimme: »Dreizehn.«

»Siehst du, geht doch«, sagte sie, »und, alles kapiert?«

Lucas nickte, verstand aber kein Wort. Was da in den letzten Stunden alles auf ihn eintrommelte, das war doch etwas zu viel. Er begann zu schwitzen und musste sich setzen.

Dreizehn merkte sofort, wie es ihm ging: »Wird dir langsam zu viel alles, was da jetzt auf dich einprasselt, was? Oder bin ich dir etwa gar unheimlich?«

Lucas wusste weder, wie es ihm wirklich ging, noch was er darauf sagen sollte, also zuckte er nur mit den Achseln.

»Keine Ahnung, was du darauf sagen sollst? Ich kenne das, ist ja immer wieder dasselbe. Doch keine Sorge, junger Freund, ich bin die Gutmütigkeit in Person. Komm, spiel auf deiner Flöte, das beruhigt. Nur wünschen darfst du dir nichts von ihr, gut? Für Wünsche gibt es eine eigene Zeremonie. Also los, versuch's!«

Lucas wagte es trotzdem nicht, die Flöte zu spielen.

»Sag, vertraust du mir nicht? Denkst du, ich will dich reinlegen?«

Nun setzte Lucas doch die Flöte an, blies hinein – und es gab einen wohlklingenden, klaren Ton, worauf er einige Takte eines Liedes anklingen ließ – und sich dann etwas beruhigte, weil nichts Ungewöhnliches geschah.

»Klingt doch bezaubernd, oder?«, meinte Dreizehn und fuhr fort: »Wer ich für dich bin, werde ich dir jetzt auch erklären. Ich bin so etwas wie die Hüterin der Flöte, also irgendwie auch deine Aufpasserin, dein Bodyguard, deine Schutzfee – mir egal, wie du es nennst, verstehst du?«

»Null, nein, tut mir leid, ich hab das Gefühl, ich versteh überhaupt nichts mehr«, brach es plötzlich aus ihm heraus.

»Egal«, meinte Dreizehn, »auf jeden Fall nicht aufregen, ja? Im Laufe unserer gemeinsamen Unternehmungen wirst du schon merken, wie der Hase läuft. Aber eigentlich ist die Sache ganz einfach – aber nur wenn du keine Fehler machst. Mir hängen nämlich diese ewigen Zeitreisen zum Hals heraus. Alleine wenn ich an das Mittelalter denke, grauenhaft! Und dann auch später ... Die Erde ist eine Scheibe, haben diese Vollidioten jahrhundertelang behauptet, und wenn einer widersprochen hat, haben sie ihn gefoltert – oft so lange, bis er tot war ... Einmal hab ich sogar zusehen müssen ... Brrr«, sie schüttelte sich, »das waren vielleicht Sadisten. Das heißt, ich bestehe darauf, dass mit dir alles super läuft. So etwas will ich nämlich nicht mehr erleben, ich brauche endlich meinen Frieden, gut?«

»Lucas! Aufstehen, Schlafmütze! Zähne putzen, dann Frühstück!« Die Stimme von Lucas' Mutter tönte durch die Tür und blitzartig war Dreizehn verschwunden. Die tiefstehende Morgensonne konnte nun voll in Lucas' Kammer strahlen. Draußen hatten die Schneeflocken der Nacht eine feine weiße Schicht hinterlassen und der Wind Lucas' nächtliche Spuren verweht.

Lucas musste sich sammeln, schüttelte dann den Kopf, um seine Zweifel zu vertreiben, betrachtete die Flöte, steckte sie zurück in die Jackentasche und ging Zähne putzen.

***

Maria und Peter saßen schon am gedeckten Tisch in der Wohnküche ihres fahrenden Blockhauses, als Lucas frisch gewaschen und frisiert eintrat. Er wurde wie immer von seinen Eltern mit »Guten Morgen, Lucas!« begrüßt.

Völlig in Gedanken versunken murmelte Lucas: »Warum? Ach so, ja. Guten Morgen«, und griff sich die Kaffeetasse seines Vaters.

»Das ist mein Kaffee, Lucas. Da ist dein Kakao.«

»Macht nix«, sagte Lucas und trank den Kaffee in einem Zug leer. Maria und Peter starrten ihn an. »Bitter. Schmeckt bitter, der Kakao«, sagte Lucas und setzte fort: »Ich muss etwas mit euch besprechen, und das ist total wichtig. Ich habe echt keine Ahnung, was passieren wird – vielleicht passiert ja auch gar nichts, auf jeden Fall dürft ihr mich in den nächsten zehn Minuten nicht stören, versprochen? Und wenn nichts passiert, war alles nur ein Fake. Und wenn doch etwas passiert, dann war's kein Fake, sozusagen normal, besser gesagt, kein Schwindel. Also bis später ..., oder so. Um euch schon mal auf etwas vorzubereiten: Es könnte passieren, dass ihr einen Ton aus einer Flöte hört, aber das ist völlig normal. Denkt euch nichts dabei. Nur zehn Minuten, ja?« Mit diesen Worten stand er auf, schnappte sich sein Wurstbrot – einer seiner Finger tappte dabei voll in die Butter, aber nicht einmal das bemerkte er – biss dann kräftig ab und stapfte aus der Küche.

Peter und Maria schauten sich an und nach einer Weile meinte Peter: »Der hat Fieber!«

Maria trocken: »Hoffentlich nur Fieber ...«

Zurück in seinem Zimmer, legte Lucas den Rest des Wurstbrotes weg, nahm mit zittrigen Händen die Flöte Arragoz aus seiner Jacke und betrachtete sie. Ob er jetzt hineinblasen sollte, um zu erfahren, ob eine der Abschriften, die man kennt, genau der Originalversion von *Stille Nacht* entspricht? Und was für eine Zeremonie hatte Dreizehn gemeint? Lucas rief leise nach ihr, nannte mehrmals ihren Namen – vergeblich. Sie kam nicht, also atmete Lucas tief ein, setzte die Flöte an, wollte hineinblasen ... stoppte aber plötzlich, denn es fiel ihm ein, dass er sagen musste, was er will: *Stille Nacht*, denn über dieses Lied wollte er ja etwas erfahren ...

Also nochmal: Lucas schloss die Augen, konzentrierte sich und sagte: »*Stille N* ...«

Und da erklang endlich die herbeigesehnte Stimme: »Hey, was soll denn das jetzt wieder?«

Lucas erschrak, trotzdem er froh war, dass sie sich meldete.

»Aber gut«, setzte sie fort, »sprich es aus, du wolltest doch *Stille Nacht* sagen, oder? Also sag's und blas dann rein in deine Flöte. Du wirst ja sehen, was dann passiert.«

Lucas zögerte.

»Na komm, mach«, forderte sie ihn auf, »hab keine

Angst, ich bin ja da, um darauf zu achten, dass du keine größeren Dummheiten machst«.

Lucas atmete also nochmal tief durch, sagte »*Stille Nacht*« und blies vorsichtig in die Flöte … Nichts passierte, nicht einmal ein Ton war der Flöte zu entlocken.

»Merkst du's«, sagte Dreizehn, »denkst du, die Flöte kann hellsehen! Sie muss schon erfahren, was du vor hast mit deinem *Stille Nacht*, also erzähl schon!«, worauf Lucas erklärte, dass er jemanden suche, der ihm vielleicht sagen könne, wie das mit *Stille Nacht* damals war, nur habe er keine Ahnung, wen er fragen könnte.

»Du suchst also jemanden und weißt nicht wen, aber die Flöte soll das wissen? Lucas, mein Freund, so funktioniert das nicht!«

Lucas verzweifelte langsam, wusste nicht, was er noch tun könnte, und fragte: »Weißt du denn jemanden, von dem ich etwas erfahren kann?«

»Null Ahnung, sorry – wie der Engländer sagen würde – aber auch wenn ich eine Ahnung hätte, dürfte ich es nicht sagen. Alles, was du vorhast, ist ausschließlich deine Sache, klar?«

Lucas' Ungeduld änderte sich langsam in Verzweiflung. Er besaß nun eine sogenannte Zauberflöte, die ihm angeblich helfen konnte, seine Probleme zu beseitigen, inklusive Schutzfee, und konnte nichts damit anfangen. Oder doch? Zögernd fragte er: »Und was wäre, wenn ich dort hinreisen möchte, wo das Lied …

Ich muss nämlich dringend wissen, wie das Lied *Stille Nacht, heilige Nacht* zum ersten Mal aufgeführt wurde. Also nehmen wir an, ich will dort hinreisen, wo das passiert ist?«

Die knappe Antwort von Dreizehn: »Versuch's!«

Damit hatte er nicht gerechnet. Er sah sie ungläubig an und überlegte. Eine Zeitreise, zurück in den Dezember des Jahres 1818 nach Oberndorf, in das kleine Städtchen nördlich von Salzburg, um mitzuerleben, wie dort das *Stille-Nacht-Lied* zum ersten Mal aufgeführt wurde? Was würde passieren, wenn er einen Fehler macht? Dort ungewollt etwas verändert? Dann kommt er vielleicht nie wieder zurück ins Heute! Soll er es tatsächlich wagen? Gibt es eine andere Möglichkeit? Rhomburg will unbedingt die alten Instrumente. Und die nimmt er sich, wenn der Vertrag nicht haargenau erfüllt wird. Zudem hätte er ja mit Dreizehn eine Beschützerin …

Okay, sagte sich Lucas, nickte dann entschlossen, schlüpfte schnell in einen warmen Pulli und in seine Winterjacke und erklärte: »Damals war es im Winter sicher viel eisiger als heute, war ja lange vor dem Klimawandelt, stimmt's?«

»Die Winter jedenfalls waren sehr viel kälter, stimmt!«, bestätigte Dreizehn.

Lucas nahm nochmals allen Mut zusammen, konzentrierte sich und blies in die Flöte … und wieder passierte rein gar nichts. Lucas ärgerte sich: »Das ist doch gar keine Zauberflöte! Du siehst doch, ich weiß jetzt, was ich will, und nichts passiert!«

Worauf Dreizehn antwortete: »Das ist wie bei einem Schiff, Autopilot, davon hast du doch schon gehört, oder? Dem musst du auch genau sagen, wo du hin willst. Und in deinem Fall will die Flöte, um dir einen Gefallen zu tun, beim Namen genannt werden. Na, fällt dir dazu was ein?«

Lucas überlegte, nahm dann ein drittes Mal die Flöte zur Hand, konzentrierte sich wieder und sagte entschlossen: »Arragoz. Oberndorf bei Salzburg, Dezember 1818« und schloss die Augen …

Dreizehn warf noch schnell ein: »Ganz wichtig ist ein typisches Geräusch oder eine Melodie!«

Lucas holte tief Luft, setzte die Flöte an die Lippen und spielte die ersten vier Noten von *Stille Nacht*. Plötzlich wurde alles um Lucas herum in grelles Licht getaucht – ein Windstoß – ein Lichtstrahl, der wie ein Komet in den Himmel rast – begleitet von einem Klang wie nicht von dieser Welt. Lucas verschwand – der Lichtschein löste sich auf … Die Kammer war leer.

II.
Oberndorf, Dezember 1818

Das heftige Rascheln von Stroh, ein dumpfer Aufprall, ein Schmerzlaut. Lucas landete mehr oder weniger sanft in einem Strohhaufen auf einem Platz nahe der Salzachbrücke, die von Oberndorf nach Laufen führt. Das große, stämmige Zugpferd, das gerade dabei war, sich vom Schleppen schwer beladener Lastenschlitten zu erholen, wieherte erschrocken auf. Nicht minder erschrocken betrachtete Lucas die seltsame Szenerie um sich herum und zupfte sich dabei Stroh aus Haar und Kleidern. An einem windschiefen Fachwerkhaus lehnte ein Straßenmusikant, der auf einer Leier dieselben fünf Töne spielte wie Lucas eben noch auf seiner Flöte, führte jedoch eine völlig andere Melodie weiter, so dass nichts mehr an *Stille Nacht* erinnerte.

Mit vieren seiner fünf Sinne – Ohren, Augen, Nase, Finger, der letztere, Tastsinn genannt, steckte im Pferdemist – was Lucas nicht sofort wahrnahm – interessierte sich Lucas für das lebendige Treiben hier in Nähe der Zollstation zwischen Österreich und Bayern. Es mutete an wie ein farbenfrohes, bewegtes Gemälde des frühen 19. Jahrhunderts: Händler und Käufer, Marketenderinnen, Schubkarrenschieber, Korbträger, Bauern, Mütter mit Kindern; sie handelten und kauften an diesem Markttag, was sie sich leisten konnten, oder waren in Gespräche vertieft, um Neuigkeiten zu erfahren oder zu verbreiten – sogar ein Zahnarzt mit seinen eher gefährlich als heilsam aussehenden Instrumenten versuchte in einem offenen Hausflur dem wimmernden Pfarrer Nöstler, dem wir später noch mehrmals begegnen werden, den Zahnschmerz zu nehmen. Lucas' Auftauchen jedenfalls blieb wegen des allgemeinen geschäftigen Treibens unbemerkt.

Lucas, der sich erst erholen, besser gesagt, zurechtfinden musste, blieb vorerst regungslos sitzen, bis er merkte, dass seine Finger in etwas Weichem steckten ... Erst als er sie herauszog, daran roch und die Nase rümpfte, erkannte er, dass Pferdemist seine Hand gewärmt hatte. Schnell reinigte er seine Finger mit Heu und dem strahlend weißen Schnee – so rein, wie er ihn noch nie gesehen hatte. Natürlich gab es auch zu dieser Zeit Umweltverschmutzung durch das Verbrennen von Kohle in den Öfen und Herden und vielerorts mangelte es an Kanalsystemen, so dass sich Pferdemist, Müll und Fäkalien auf Straßen, Plätzen und Gassen verteilten – in Großstädten sogar derart, dass man sich oft Nase und Mund zuhalten musste, wenn man sich im Freien bewegen wollte. Hier in Oberndorf war wenigstens das noch in relativer Ordnung, denn die wenigsten im Ort konnten sich Kohle leisten und heizten daher mit dem gesünderen Holz. Auch Pferdekutschen und Fuhrwerke – wie sie in Städten zuhauf unterwegs waren – besaßen hier nur ganz wenige. Oberndorf war klein und arm – daher halbwegs sauber, denn dieser ehemalige Vorort war erst zwei Jahre zuvor, im Jahre 1816, von der reicheren Stadt Laufen am anderen Ufer des Salzachflusses abgetrennt worden und erst seit zwei Jahren eine eigenständige Gemeinde. Laufen gehörte damals wie heute zu Bayern.

Lucas wurde ruhiger und konnte sich am historischen Schauspiel, das ihm hier geboten wurde, kaum satt sehen. Doch plötzlich fuhr ihm der Schreck in alle Knochen. Wo war die Flöte?! Die Flöte Arragoz, das unverzichtbare Transportmittel seiner Reise! Er hatte sie doch gerade noch in seinen Händen! Nun ist sie weg! Er kann nie wieder zurück in die Gegenwart! Eine Zeitreise ohne Wiederkehr! Er muss Arragoz wiederfinden! So kann doch ein derart wichtiges, ja überlebenswichtiges Abenteuer nicht beginnen! Wo ist Dreizehn? Sie hatte doch ziemlich überheblich verkündet, dass sie seine Aufpasserin sei. Wieso war sie dann ausgerechnet jetzt nicht da?

Panisch blickte sich Lucas um, wühlte sich durchs Stroh, tastete alles ab, trotz der Winterkälte, die beinahe seinen Atem zu Eis erstarren ließ, begann Lucas zu schwitzen. Doch endlich hörte er die erhoffte Stimme: »Hallihallo in dieser wunderbaren Zeit – für dich zumindest. Ich persönlich wäre lieber dort geblieben, wo wir noch vor zwei Minuten waren.« Die Schutzfee Dreizehn saß jetzt direkt neben ihm und fuhr ironisch fort: »Jaja, Dezember 1818, Kollege, aber was ist mit dem Datum? Wolltest du nicht exakt am 24. Dezember irgendwohin, um die Uraufführung von *Stille Nacht* mitzuerleben? Du bist äußerst ungenau, junger Freund. Womöglich ist heute der 25. Dezember oder der 28. oder 31. und das, was du erleben wolltest, ist bereits Geschichte!«

Der nächste Schock, doch plötzlich hatte Lucas die Erleuchtung: »Dann reise ich nochmal zurück und komme genau am 24. Dezember 1818 wieder. Das hier ist doch Oberndorf oder?«

»Ohne Flöte?«, erwiderte Dreizehn.

Da fiel ihm ein, dass er die ja verloren hatte. »Ja ich weiß«, ärgerte sich Lucas, »ich sitze jetzt ganz schön in der Scheiße.«

»So leichtsinnig wie du kann man mit etwas so Wertvollem eben nicht umgehen! Mann, Mann, Mann, wenn das so weitergeht mit dir, dann seh ich nicht nur für dich schwarz ... Und solltest du die Flöte finden, ein zweites Mal ein ähnlicher Wunsch, das wird vermutlich nicht klappen. Das hier musst du jetzt durchziehen. Also, wo ist deine Flöte? Ich zum Beispiel kann sie sehen ...«

Lucas sah sie verwundert an, folgte dann ihrem Blick und war erleichtert – mehr als erleichtert. Nicht auszudenken, was passiert wäre, wenn er dieses wertvolle

Instrument verloren hätte. Arragoz lag nur einen guten Meter von ihm entfernt unter einem Wagenrad. In seiner Panik hatte er sie übersehen. Doch Lucas' Erleichterung kam zu früh. Denn als er nach ihr greifen wollte, erstarrte er mitten in der Bewegung. Direkt vor ihm stand plötzlich – wie aus dem Nichts – ein großer, gefährlich aussehender Hund, schwarz, mit kurzem Fell, langen Ohren und vor allem mit einem riesigen Maul und langen, scharfen Zähnen, welche er Lucas mit gefährlichem Knurren entgegenfletschte. Doch plötzlich änderte sich sein gefährliches Aussehen – er begann zu schnüffeln, schien herausfinden zu wollen, wo sich die Quelle eines für ihn interessanten Geruchs befand …

Nun meldete sich Dreizehn zu Wort: »Merkst du, worauf man in deiner Situation alles achten muss? Du hattest ein Wurstbrot gegessen und ohne die Finger zu waschen die Flöte in die Hand genommen. Dieser Höllenhund riecht jetzt dein Wurstbrot. Die Frage ist nur, schleckt er deine Finger ab, beißt er dich oder klaut er die Flöte …?«

Lucas nahm all seinen Mut zusammen und streckte dem Ungetüm seine rechte Hand hin, zuckte aber schnell zurück, als Dreizehn fragte: »Tetanus geimpft bist du, oder?«

Lucas hauchte: »Glaub schon – nur Tollwut nicht.« Trotzdem musste er es riskieren! In der Hoffnung also, dass das Tier nicht beißt, sondern nur leckt und Lucas'

Ablenkungsmanöver nicht durchschaut, streckte er ihm die Rechte entgegen, um, während der Hund sie leckt, mit der linken Hand nach der Flöte zu greifen. Und Lucas hatte Glück, vorerst: das Vieh wollte nicht beißen, nur lecken. (Die andere Hand hätte den Hund ohnehin nicht interessiert, denn die steckte noch vor Sekunden im Pferdemist.)

Während das offensichtlich ausgehungerte Tier sich den Hauch vom Fett des Wurstbrotes schmecken ließ, wanderte Lucas' Linke so unauffällig wie möglich in Richtung Zauberflöte. Seine Finger waren schon ganz nahe bei ihr, da fand der Hund nichts Leckbares mehr an Lucas' Hand, schnappte sich schnell die ebenfalls nach Wurst riechende Flöte und trabte mit ihr im Maul zufrieden davon.

»Na super«, hörte er Dreizehn sagen, »und jetzt? Was tun, sprach Zeus, die Götter waren besoffen und der Olymp ist vollgekotzt – pardon, das ist nicht von mir.«

Lucas: »Aber genauso geht's mir!« Lucas war aus seiner Schockstarre erwacht und hetzte nun, so schnell er konnte, dem Hund hinterher.

Dreizehn rief ihm noch nach: »Ich hab mich informiert: Der Hund hört auf den Namen Napoleon, vielleicht hilft dir das.«

Napoleon lief inzwischen, stolz, Beute gemacht zu haben, zwischen den Marktständen durch. Und sein Vergnügen wuchs, als er Lucas kommen sah, denn Fangenspielen war seine Lieblingsbeschäftigung. So jaulte er begeistert auf und hätte dadurch beinahe die Flöte verloren. Vorsichtig – so als würde er den Wert seiner Beute erkennen – hielt er sie nun mit seinen Backenzähnen gerade so fest, dass sie ihm nicht entgleiten konnte.

Lucas verschärfte sein Tempo – also beschleunigte auch Napoleon. Dass Lucas immer wieder seinen Namen rief, bereitete ihm ebenfalls Freude. Es ist doch schön, wenn man erkannt wird! Je mehr einen erkennen, desto berühmter ist man, oder? Lucas geriet langsam außer Atem, musste an einem Marktstand vorbei – nein, besser: unten durch, schnellte auf der andern Seite in die Höhe – das aber viel zu früh, denn dadurch streifte er die Unterseite des Standes, woraufhin die ausgestellten Waren, Töpfe, Pfannen, Winterobst und Krautköpfe, im wahrsten Sinne des Wortes auf die schiefe Bahn gerieten und mit Getöse in den festgefrorenen Schnee rutschten. Lucas richtete sich direkt neben der Marktfrau auf, hatte weder Zeit noch Muße zu bemerken, was er angerichtet hatte, keuchte ein flüchtiges »Tschuldigung« und hetzte davon, dem Hund hinterher. In dem von ihm verursachten Chaos streifte er noch die Schürze der Marktfrau, so dass sich ihr Geldbeutel löste und zu Boden fiel, was sie allerdings nicht sofort bemerkte. Die Marktfrau schrie wie am Spieß: »He, da bleibst! Mein ganzes Geschirr! Und mein Kraut und die Äpfel! Schaut's her, was der Saufratz angerichtet hat!«

Und jetzt bemerkte sie auch, dass ihr Geldbeutel nicht mehr dort war, wo er sein sollte. Entsetzt überschlug sich ihre Stimme: »Dieb! Dieb! So ein raffinierter Teufel! Mein Geld! Der hat mein, der hat … Siebinger! Schnell! Der Lümmel hat mein Geld gestohlen und schau, was er angerichtet hat!«

Gendarm Siebinger war dabei, sich dem Durcheinander zu nähern und zu klären, was unklar war, wie er eben seine Arbeit als Ordnungshüter verstand (dass er nicht so gutmütig und geflissentlich war, wie er hier im ersten Moment wirkte, sollte sich erst später herausstellen). Schnell versuchte er die Situation zu überblicken, und setzte kurz darauf seinen schweren Körper in Bewegung, akustisch ergänzt durch die beruhigende Bemerkung in Richtung Marktfrau: »Den kriegen wir schon, Luise!« Dann rief er Lucas hinterher: »He du, stehen bleiben! Hörst nicht? Stehen bleiben, hab ich g'sagt! Ja Himmelherrgott, bleibst jetzt stehen, du Rotzbua!«, schrie der Mann plötzlich außer sich vor Wut, weil offensichtlich seine Autorität nicht ausreichte, ein Kind dazu zu bewegen, seine Befehle zu befolgen.

Bei der wilden Hetzjagd, Hund – Lucas – Gendarm, streifte Letzterer den Wagen eines Obsthändlers, Äpfel flogen durch die Luft und rollten in den Schnee. Siebinger schlängelte sich zwischen ihnen durch, doch dem letzten Apfel auf seinem Weg, dem konnte er nicht mehr entkommen. Er rutschte auf ihm aus und krachte voll auf den Hosenboden. Sofort waren eifrige Hände zugegen und halfen ihm auf – und so schnell er konnte, setzte er die Verfolgung fort, sein schmerzendes Hinterteil reibend und auch ein wenig hinkend.

Einer der Äpfel, der zum Rollen gebracht wurde, hatte es auf den nächsten Beamten abgesehen – auf einen unwahrscheinlich dürren Menschen in Militäruniform: Soldat Rubenzucker. Auch er stieg auf einen Apfel, krachte – wie Siebinger eben – auf seinen verlängerten Rücken und wurde vor Ärger knallrot im Gesicht, denn gerade erst hatte er seine makellos schöne Uniform frisch gereinigt. Umso wütender wurde er, als er den Urheber seines Unglücks ausmachte. Während er also seine Bekleidung notdürftig zu reinigen versuchte, rief er Lucas hinterher: »Ja so ein Saukerl!«

Von dieser Beleidigung betroffen fühlte sich aber Gendarm Siebinger, der hob daraufhin die Faust in Richtung Soldat Rubenzucker und unterstrich die Drohung mit: »Wir zwei sprechen uns dann auch noch, du Saubeutel«, widmete sich aber dann wieder eifrig der Verfolgung von Lucas und schrie in dessen Richtung: »Ja bleibst du endlich stehen! Das gibt's ja nicht! Jetzt haben net einmal mehr die Kinder Respekt vor der Obrigkeit, Kruzifix!«

Bei seiner Flucherei bekreuzigten sich die Umstehenden und Luise setzte ihr Gezeter fort: »Habt's des g'sehn? Mein Geschirr … alles drunter und drüber … Da! Schaut's! Und mein ganze Geld! Mein Gott, was mach ich denn jetzt?!«, worauf sich Rubenzuckers Aufmerksamkeit Luise zuwandte. Dabei entdeckte er Luises Geldbeutel, der vor ihr im Schnee lag, und sagte, indem er auf den Beutel deutete: »Luise, und was glaubst du, was das ist?« Sofort bückte sie sich und hatte ihre spärlichen Einnahmen wieder in ihren Händen. Ihr Tag war gerettet.

Nicht jedoch der von Lucas, der inzwischen völlig außer Atem durch eine vom Schneematsch schlüpfrige, enge Gasse hetzte. Der Hund sah sich immer wieder vergnügt nach Lucas um, hielt ihn exakt auf Abstand, so dass er ihm keinen Millimeter näher kam – und verschwand schließlich um eine Hausecke. Plötzlich hörte Lucas Siebinger ganz laut rufen: »Himmelherrgott, bleibst du jetzt endlich stehen!« Siebinger dürfte eine Abkürzung genommen haben, denn es klang, als wäre er nur noch wenige Meter von Lucas entfernt.

Schnell drückte sich Lucas in einen Hausdurchgang und erschrak. Denn hier saß ein Bettler auf dem kalten Boden, bekleidet mit einer zerlumpten Soldatenuniform; offenbar ein Kriegsversehrter mit einem Holzbein und einer Augenbinde. Lucas die offene Hand entgegenstreckend sagte er sein Sprüchlein auf: »Um ein paar Kreuzer bitt' ich, der Napoleon hat mir meinen Fuß und mein Aug g'stohlen!«

Lucas starrte ihn an und flüsterte erstaunt: »Was? Dieser verflixte Hund hat Ihnen auch etwas gestohlen?«

Dann sah er das Holzbein – »ach so, den meinen Sie gar nicht, Sie meinen den echten! Den mit den Franzosenkriegen, der nach Sankt Helena verbannt wurde, oder?« Der Bettler sah ihn irritiert an und musterte ihn von oben bis unten. Nachdem Siebinger Lucas nicht entdeckt hatte und rufend in einer anderen Gasse verschwand, musste der mutige Zeitreisende einsehen, dass er den Hund auf diese Weise nicht erwischen konnte. Es blieb nur die Hoffnung, dass der Flöte nichts passierte und er sie wiederbekam. Doch dann plötzlich der Bettler: »Was hast denn du da für ein G'wand an? Bist du ein Metternich-Spitzel aus Wien? Lasst der uns jetzt sogar schon von die Kinder überwachen!?«

Dunkelblaue Jeans, schwarze Turnschuhe mit gelben Schuhbändern, hellblaues T-Shirt, dunkelgrüner Pulli, eine schwarze Stepp-Jacke mit Reißverschluss! Lucas' Bekleidung passte tatsächlich nicht ins Jahr 1818. Mit diesem Outfit war klar, dass er überall hier auffiel – dazu musste er sich etwas einfallen lassen. Nur nicht sofort, denn Gendarm Siebinger tauchte wieder auf und kam näher und näher. Lucas sollte sich also unauffällig und schnell von hier verdrücken! Schließlich war auch zu befürchten, dass er durch den Bettler verraten werden würde. Dieser begann nämlich jetzt unaufhörlich zu meckern: »Zuerst die Erzbischöfe, diese Blutsauger, dann die Franzosen mit ihren mitleidslosen Feldzügen, und die Bayern, die diesen Verbrechern geholfen haben, dann war der Himmel monatelang finster, deswegen hat es keine gescheite Ernte gegeben, und als Gipfel jetzt der Habsburgerkaiser mit seinem Kanzler Metternich, der um nichts besser ist als die anderen Gauner davor!« *(Ernteausfälle gab es, weil am 5. April des Jahres 1815 in Indonesien der Vulkan Tambora ausgebrochen war. Dadurch war der Himmel in Westeuropa und Amerika monatelang verdunkelt – also ohne Sonne – nur konnte das damals der arme Bettler noch nicht wissen.)*

Lucas jedenfalls schlich aus dem Hausdurchgang auf die Straße. Ganz in seiner Nähe stand jedoch Siebinger und sah sich nach ihm um, kehrte ihm aber Gott sei Dank den Rücken zu, so dass Lucas auf leisen Sohlen davoneilen konnte. Als Siebinger ihn dann doch entdeckte, verschwand Lucas gerade um die nächste Ecke. Wütend in sich hineinbrummend und mit immer stärkerem Seitenstechen hinkte der übereifrige Gendarm seinem Opfer hinterher.

Lucas erreichte den Platz vor dem Gemeindeamt und entdeckte einen großen Pferdewagen mit einem auffällig hohen Aufbau. Er konnte den Grund nicht nennen, aber irgendwie bot ihm dieses Gefährt einen vertrauten Anblick. Vielleicht weil es ihn an sein fahrendes Zuhause erinnerte? Schnell sprintete er darauf zu, sprang hinauf und verschwand unter einer großen, grünen, oft geflickten Plane.

Als dann Gendarm Siebinger den Platz erreichte, war von Lucas nichts mehr zu sehen. Auf der Vorderseite des Karrens, auf dem sich Lucas nun versteckt hielt, war eine einfache Theaterkulisse aufgebaut – dort rezitierte gerade ein Schauspieler seinen Text. Lucas selbst befand sich hinter einem Vorhang und war daher für niemanden zu sehen. Er selbst interessierte sich sofort für eine Truhe, die voll war mit Theaterkostümen. Schnell entledigte er sich seiner »utopischen« Kleider und schnappte sich das erstbeste Stück Stoff – ein Ritterfräuleinkostüm mit blonder Zopfperücke. Okay, warum nicht? Damit wird er von diesem ehrgeizigen Gendarm garantiert nicht erkannt.

Während er sich verkleidete, lauschte er der klaren, sympathischen Stimme des Schauspielers: »Die Salzachschiffer sind den Fluss hinuntergefahren, da haben auf einmal mehrere gerufen: Obacht, Franzosen! Deckung! Passt's auf, Franzosen! Ein anderer: Das sind keine Franzosen, das sind die Bayern! Ist doch wurscht, ruft ein Dritter, die stecken alle unter einer Deck'n! Dann sind sie eilig flussabwärts gerudert und haben dabei unwahrscheinliches Glück gehabt. Eine Stromschnelle, das Floß wird herumgewirbelt … Die Salzachschiffer haben es aber gut überstanden – und die Kugeln der Feinde haben keinen von ihnen getroffen.«

Nachdem Lucas seine »modernen« Kleider ganz unten in der Truhe versteckt hatte, sah er durch einen Schlitz in der Plane, wie sich Siebinger ihm langsam näherte. Er musste fürchten, entdeckt zu werden. Denn Lucas hatte übersehen, dass seine Spuren im Schnee zeigten, wo er sich versteckt halten könnte. Blitzgeschwind kroch Lucas durch den Vorhang – und fand sich mitten auf der kleinen Bühne wieder, gerade noch rechtzeitig, denn tatsächlich: Siebinger warf einen Blick hinter die Plane – genau dorthin, wo sich Lucas gerade eben noch versteckt hatte.

Auf der Bühne, vor dem knienden Lucas, stand ein groß gewachsener Mann, etwa 35 Jahre war er alt, mit einem dunklen Umhang. Der Schauspieler reagierte überrascht, als er plötzlich Lucas vor sich am Boden sah – noch überraschter allerdings war Lucas, wie er hier auf der Bühne kniend den Blicken einer nicht unerheblichen Menge von Zuschauern ausgesetzt war. Unterhaltung gab es zu diesen Zeiten an Orten wie Oberndorf wenig. Da war man für jede Abwechslung dankbar. Und der Schauspieler auf dem Karren war noch dazu sehr gut. Doch wie es schien auch die »neue Kollegin« mit den langen Zöpfen, die nun neben ihm auf der Bühne kniete. Dem Publikum jedenfalls gefiel Lucas' spontaner Auftritt – oder sein verblüfftes Gesicht – und lachte aus vollem Hals. Der Schauspieler hatte genug Erfahrung, um schlagfertig auf Unerwartetes zu reagieren. Er sammelte sich und rezitierte: »Und dann ist am Ufer der Salzach ein besonders reizendes Wesen aufgetaucht« – damit wandte er sich an Lucas, der nicht wusste, wie er sich verhalten sollte.

»Na los, so verratet uns endlich, schöne Dame, wie ist Euer Name? Martin ist der meine, also los, kommt schnell mit mir ins Reine!«

Lucas' Gedanken rasten. Was tun? Abspringen und davonrennen? Doch Gott sei Dank erspähte er jetzt seine Fee Dreizehn in der Ecke der Bühne, hinter dem Schauspieler. Sie ermunterte Lucas mitzuspielen: »Na, du Schlaukopf, sag endlich was! Aber es muss sich reimen! Na?!«

Lucas rappelte sich daraufhin auf, um Zeit für einen kreativen Gedanken zu gewinnen, und stotterte dann: »Äh ..., wie bitte, der Herr? Mein Name? Sie meinen meiner?«

»Gäb's hier noch eine zweite Sie, das wäre schön – nur glaub ich's nie ...«, antwortete der Schauspieler.

Das Publikum lachte wieder.

Dreizehn sagte: »Die verstehen hier deine Sie-Anrede nicht. Hier redet man in der zweiten Person Plural. Du weißt doch, wie das geht, oder?«

Martin übernahm wieder die Initiative: »Was überlegt Ihr so lang? Da wird einem ja angst und bang!«

Lucas: »Mein Name ..., mein Name ...«

Martin: »Jawohl, den möchte ich wissen, liebe Dame. Oder seid Ihr bezecht und habt eine Fahne?«

Dabei beugte er sich zu Lucas herab und schnüffelte an ihm. Das Publikum lachte immer heftiger, während Siebinger sich zu den Zuschauern gesellte. Lucas wollte nicht erkannt werden, machte aus der Not eine Tugend und wurde sicherer:

»Nein, Kunigunde heiße ich, bin zu allem bereit – auch zur Flucht, wenn man mich sucht.«

Dabei schaute er aus den Augenwinkeln zu Siebinger. Geistesgegenwärtig folgte Martin seinem Blick, entdeckte den Gesetzeshüter und machte sich sofort seinen Reim. Er sagte:

»Nun gut, lieber Mensch in schöner Zier, so fügt es sich zum Guten, Ihr kommt mit mir.«

»Wozu dann noch länger hier verweilen, ich denke, wir sollten uns beeilen!«, antwortete Lucas nun schlagfertig.

Martin reichte Lucas daraufhin eine Papierblume: »Zuvor noch diese Rose, für meine Große«, und fügte flüsternd hinzu: »Riech daran und fall in Ohnmacht.«

Gehorsam roch Lucas an der Blume und ließ sich dann höchst glaubwürdig fallen. Der Länge nach lag er nun ausgestreckt auf dem Boden. Das Publikum klatschte und johlte vor Vergnügen und Martin deklamierte weiter: »Wusste ich's doch, sie liebt den Duft, die Schlimme, nur leider raubt er ihr die Sinne. Kunigunde, die Schöne, ist nun mein, daher kann das Stück zu Ende sein. Wem es gefallen hat, der klatsche in die Hände und reiche uns eine kleine Spende!«

Lachen und fröhliche Gesichter überall, auch Siebinger brauchte Erholung von der Hetzjagd nach Lucas und genoss diese Abwechslung. Martin verneigte sich vor den Applaudierenden und sprang vom Karren, um

Spenden einzusammeln. Dabei kam er auch Siebinger und dem Soldaten Rubenzucker sehr nahe, beide rieben sich noch immer ihren Hosenboden. Und Martin konnte hören, wie Rubenzucker Siebinger aufklärte, dass er mit seiner Schimpfkanonade einen fremden Lausbuben gemeint hatte und nicht ihn und dass auch nichts gestohlen wurde, denn Luises Geldbeutel habe sich wiedergefunden. Bis auf ein, zwei Äpfel sei auch nichts zu Bruch gegangen. »Dass alles, was auf dem Boden lag, jetzt voller Dreck ist, ist logisch«, und Rubenzucker fügte hinzu: »Besonders sauber war's aber vorher auch nicht.«

Siebinger war damit halbwegs zufrieden, wo aber der Bengel geblieben war, bereitete ihm doch Kopfzerbrechen. Na ja, seine weitum bekannte Spürnase würde schon dafür sorgen, dass er ihn eines Tages fragen konnte, wo er sich denn so gut verstecken konnte.

Lucas war inzwischen hinter die Kulissen geklettert und probierte Kleidungsstücke an, die ihn hier unauffällig machen sollten. Martin steckte den Kopf durch den Vorhang und betrachtete das Durcheinander an Hemden, Hosen, Perücken und Bärten. Lucas sah schuldbewusst zu ihm auf:

»Ich darf mir doch ein paar Kleider ausleihen? Meine sind völlig verschwitzt.«

Martin nickte lächelnd: »Und nicht erkannt werden ist dir auch sehr willkommen, stimmt's?«

»Ich hab aber nichts Schlimmes angestellt, ich schwör's!«

»Ist schon recht, der Geldbeutel hat sich auch wiedergefunden, hab ich gerade zufällig gehört. Der Gendarm lässt dich also in Ruh ... Du bist fremd da in der Gegend?«

»Ja, ziemlich fremd.«

»Und was willst du da bei uns? In deinem Alter ist man ja noch nicht auf der Walz?«

»Nein.«

»Ja Herrschaftszeiten, lass dir doch nicht alles aus der Nase ziehen! Bist weggelaufen von zu Hause oder was ist passiert?«

»Ja, irgendwie kann man das so sagen ...«

»Sind's grob zu dir, deine Eltern?«

Lucas überlegte ..., was sollte er sagen?

Da meinte Martin: »Ich sehe schon, darüber redest du nicht gern ... Quartier wirst du dann auch keines haben, also wie ist es? Willst mich ein bisserl begleiten?

***

Kurze Zeit später saßen Martin und Lucas auf dem Kutschbock des Theaterwagens. Die Bühne war mit einer Plane abgedeckt und der Aufbau mit Stricken fest verschnürt. Sie fuhren durch eine tief verschneite Landschaft in Richtung Norden – Oberndorf lag schon hinter ihnen. Martin war neugierig: »Woher du kommst, darf ich das erfahren?«

Lucas antwortete zögernd: »Ja, natürlich. Aus Salzburg. Ich bin aus Salzburg. Und vielen Dank übrigens! Da fällt mir ein: Was für ein Tag ist heute?«

»Der 20. Dezember.«

»Der 20. Dezember 1818?!«

»Was denn sonst?«

»Und das da hinten ist Oberndorf?«

»Wenn du aus Salzburg kommst, wirst du wohl wissen, wo du hingegangen bist?«

Lucas war erleichtert – der Heilige Abend lag also noch vor ihm: »Ja, klar!«, sagte er freudig, »Oberndorf! Der 20. Dezember 1818, Wahnsinn, wie das funktioniert! Fast wie in einem Science-Fiction-Fil…«

Er verstummte sofort, und schon war Dreizehn neben ihm, was Lucas äußerst nervös machte, alleine dass er sich beinahe verquatscht hätte, hatte schon für Herzklopfen gesorgt und jetzt setzte sich seine Aufpasserin auch noch neben ihn auf den Kutschbock und sagte ironisch: »Jetzt musst du ihm nur noch vom Raumschiff Enterprise erzählen und wie viel PS euer Wohnlaster zu Hause hat im Unterschied zu diesem altertümlichen Karren hier!«

Lucas blickte daraufhin schnell zu Martin, dann zu Dreizehn und wieder zu Martin und fragte sich, sieht denn Martin nicht, wer da neben ihm sitzt? Und hört er sie auch nicht? Dreizehn hatte nämlich ihre Stimme überhaupt nicht gesenkt!

Etwas irritiert allerdings war Martin doch, denn er merkte natürlich, dass Lucas' Aufmerksamkeit etwas ganz anderem galt als ihm. Geht's ihm nicht gut, dachte er und fragte:

»Hast du was oder wieso schaust du so? Was ist denn da drüben, wo du immer hinschaust? Und wieso redest du nicht weiter? Seiens-was? Was willst du denn damit sagen?«

Nun musste Lucas versuchen zu retten, was zu retten war:

»Seiens was? Haben Sie ..., äh, habt Ihr gefragt? Ja, also, ich war nur ein bisserl undeutlich. Sei's, wie's ist ... Sei es, wie es ist, das wollte ich sagen.«

Martin schüttelte den Kopf: »Du bist ganz schön durcheinander, junger Freund.«

Daraufhin Lucas: »Ja, stimmt, hab mir ja auch vorhin den Kopf angehauen, aber volle Ladung ...« und rieb sich dabei den Hinterkopf.

»Genauso schaust aus«, sagte Martin, »und das »Ihr« kannst du dir sparen, ich bin nicht von hohem Stand, nur ein ganz einfacher Schausteller. Ich heiße Martin und Pilenta ist mein Nachname.«

»Freut mich«, erwiderte Lucas: »Und ich bin der Lucas Schratt.«

Da verhedderten sich die Zügel, Martin wurde abgelenkt. Das gab Lucas Gelegenheit, sich wieder Dreizehn zuzuwenden, deren Anwesenheit ihn nach wie vor mächtig nervös machte: »Du bist für andere unsichtbar, stimmt's?«, flüsterte er.

»Du kapierst aber schnell. Was denn sonst?«

Martin hatte gute Ohren: »Wer ist unsichtbar?«

»Unsicher habe ich gemeint! Ich bin unsicher, ob es deiner Familie recht ist, wenn ich …«

Martin unterbrach: »Das ist ihr recht!«

Eine Kutsche oder ein Einspänner, wie das Gefährt heißt, kam ihnen entgegen und blieb nah bei ihnen stehen. Auch Martin hielt seine Pferde an. Der Kutscher des Einspänners, ein sympathischer Mann, 26 Jahre alt, wurde von Martin höflich begrüßt und mit Hilfspfarrer angeredet. Dieser erwiderte den Gruß und lüftete dabei – wie Martin auch – seinen großen Hut. Er hatte helles, mittellanges Haar, einen klaren, ehrlichen, jedoch verwegenen Blick und war fest eingehüllt in einen dunklen Umhang.

Als Lucas das Wort Hilfspfarrer hörte, wurde er hellhörig und starrte den Mann an wie eine Erscheinung – was dieser Gott sei Dank nicht bemerkte. Wie es schien, wollte er Martin vor einem drohenden unangenehmen Vorfall warnen, denn er berichtete, dass er vor einer halben Stunde einem Mann namens Höll begegnet sei, der möglicherweise auf dem Weg zur Kathi war, worauf Martins Miene sich versteinerte. Er bedankte sich eilig für den Hinweis, und bevor auch Lucas den Hilfspfarrer grüßen konnte, klatschte Martin die Zügel auf die Rücken der Pferde, so dass diese augenblicklich losgaloppierten. Ein Ruck ging durch den Bühnenwagen und Lucas musste sich festhalten, um nicht herunterzufallen. Ungeachtet dessen fragte er: »War das jetzt der Hilfspfarrer Josef Mohr, der das *Stille* …«

Martin unterbrach ihn: »Ja, das war er, aber jetzt sei ruhig, wir haben's eilig!« Er trieb die Pferde noch mehr an und Lucas wurde so richtig durchgeschüttelt.

Dreizehn schien diese Art der Fortbewegung Spaß zu machen, denn sie rief begeistert: »Uiii, dieser Fahrtwind! Ist das nicht schön? So schön, wie du clever bist, mein Lieber! Darf ich deinen Satz vollenden, den Martin Gott sei Dank unterbrochen hat? ›Josef Mohr, der das *Stille-Nacht-Lied* getextet hat‹! Das Lied ist noch gar nicht komponiert, du Prophet! Hirn einschalten, dann reden, wenn ich bitten darf! Und hol dir, so schnell du kannst, die Flöte zurück, sonst steckst du hier fest und ich muss zurück ins achte Jahrhundert und alles geht nochmal von vorne los. Dazu hab ich echt keine Lust mehr, wie ich dir schon verklickert habe!« Und weg war sie, verschwunden im kalten Fahrtwind, welcher Lucas beinahe die Mütze vom Kopf geweht hätte …

***

Die Bäuerin, Kathi Kerschbaumer, war eine hübsche, junge Frau, mit blondem Haar und klarem, gütigem Blick. Sie war Besitzerin eines sogenannten Sacherls, wie ein kleiner Bauernhof genannt wurde, welches auf der Oberndorfer Seite, direkt am Salzachufer gelegen war. Wohlhabend war sie also nicht, aber immer auf ein gepflegtes Äußeres bedacht, was man nicht von allen Bäuerinnen – besonders damals nicht – behaupten konnte. Eitelkeit war nicht der Grund, mehr als andere auf ihr Äußeres zu achten, sondern ihr natürliches Gefühl für Menschenwürde. Ihre feste, allerdings unverheiratete Verbindung zu Martin, dem Wanderschauspieler und ehemaligen Bergknappen der Salzstollen in Hallein, hatte sie nie verheimlicht. Und das, obwohl sie wusste, dass dieses Verhältnis Spott und Ausgrenzung zur Folge haben würde. Genau dieses Wissen, oft bestätigt durch bittere Erfahrung, war wohl einer der Gründe für ihr demonstrativ stolzes Auftreten. Sie hatte ja nichts zu verbergen, stand zu allem, was sie tat, und besonders zu ihrem Mann – was er auch ohne Heirat für sie war – und natürlich zu ihrer Tochter Anna, die aus dieser Beziehung hervorgegangen war. Schließlich war es nicht ihre Schuld, nicht verheiratet zu sein – die Hochzeit wurde ihr ja vom Pfarrer verweigert. (*Damals gab es noch kein Standesamt – man konnte also nur kirchlich heiraten.*)

Kathi war gerade dabei, mit ihrer Tochter den Bretterboden ihrer Stube zu schrubben, als ein Mann, für den jede Art von Würde ein Fremdwort zu sein schien, ohne anzuklopfen eintrat und sie sogleich bedrängte. Es war der wohlhabende Holz- und Salzhändler Anton Höll aus dem bayerischen Laufen am anderen Ufer der Salzach. Körperlich eine füllig imposante Erscheinung. Und durch eine auf viel Geld und Einfluss gestützte Autorität strotzte er nur so vor uneingeschränkter Selbstsicherheit. Jede seiner Gesten verriet: Ich bekomme, was ich will – und eigentlich will ich alles. Hätte man nicht seine eiskalten Augen gesehen, hätte man ihn für einen gutaussehenden Mann halten können. Diese Augen jedoch gaben den Blick in eine abgrundtiefe, schwarze Seele frei.

Kathis zwölfjährige Tochter, Anna, hatte sich auf die Ofenbank zurückgezogen und beobachtete jede noch so kleine Geste Hölls, bereit, mutig einzugreifen, im Falle, dass er ihrer Mutter zu nahe kommen oder sie gar berühren würde. Unbemerkt von ihm hielt sie hinter ihrem Rücken den Schürhaken fest umklammert, den sie entschlossen war zu benutzen, falls es sein musste. In der damaligen Zeit war es an sich völlig ausgeschlossen, dass sich Kinder in Angelegenheiten Erwachsener einmischten. Anna aber war aus einem anderen Holz geschnitzt. Um unbeteiligt zuzusehen, wenn ihrer Mutter, dem Vater oder auch ihr selbst etwas Ungerechtes oder Böses widerfuhr, dazu hatte sie in ihrem jungen Leben schon zu viel erlebt. Das hatte sie wehrhaft gemacht.

Süßlich, so dass sofort zu erkennen war, dass kein Wort von ihm so gemeint war, wie er es sagte, redete Höll auf Kathi ein, erklärte ihr, dass es nicht die leicht zugängliche Anlegestelle auf Kathis Grund hier auf der österreichischen Seite der Salzach sei, weswegen er sie zum Altar führen wolle. Seine Zuneigung habe mit seinem Holz- und Salzhandel nichts zu tun, diese Anlegestelle sei höchstens eine angenehme Begleiterscheinung. Auch das bisserl Zoll, den er sich dadurch ersparen würde, sei für ihn völlig uninteressant. Auf solche Kinkerlitzchen sei er schon lange nicht mehr angewiesen. Dann beteuerte er immer wieder, wie sehr er sich Kathi zur Frau wünsche – und das schon seit vielen Jahren.

Unabhängig davon, dass Martin ihre große Liebe war, war Kathi dieser Mann furchtbar zuwider, trotzdem versuchte sie höflich zu bleiben: »Höll, es hat keinen Sinn. Alles bleibt, wie es ist, also bitte geh jetzt und lass mich in Ruh.«

Hölls Stimme klang jetzt weniger einschmeichelnd und er schnalzte mit der Zunge – ein Tick, der sich immer dann bei ihm zeigte, wenn er Wichtiges sagen wollte oder wenn er ungehalten war. Dass diese Eigenart jeder andere als unangenehm empfand, dies zu bemerken, dafür war er zu unsensibel. »Kerschbaumerin«, sagte er drohend, »wenn du glaubst, dass dein sündiges Verhältnis zu deinem evangelischen Gspusi ewig halten wird, hast du dich getäuscht. Dass man die Lutherischen schon vor

Jahren aus Salzburg verjagt hat, wird schon gute Gründe gehabt haben. Also glaub nicht, dass du den Pilenta heiraten kannst. Und mit deinem ledigen Balg da« – er zeigte zur angespannt auf der Ofenbank sitzenden Anna – »nimmt dich sowieso keiner außer mir. Mir kann nämlich eine schlechte Nachrede nichts anhaben. Ich kann mir das leisten.«

Und plötzlich schaltete er wieder auf Schmeicheln um: »Außerdem bist du mir sehr sympathisch, sogar mehr als sympathisch, Kathi.« Er trat noch näher an sie heran, so dass sie an den Tisch hinter ihr stieß und nicht mehr auskonnte. Hölls unangenehmer Atem widerte Kathi an – sie drehte angeekelt ihren Kopf zur Seite, worauf Höll wütend wurde: »Kathi, das da ist mein letzter freundschaftlicher Versuch! Dir ist hoffentlich klar, dass ich immer bekomm, was ich will. Das weiß man bei mir drüben in Laufen und auch da in Oberndorf.«

Kathis Bauernhof war nicht groß, aber rundum sauber. Vor dem Eingang stand Hölls imposante Kutsche, ein Mehrspänner mit vier starken Pferden. Hölls gefügiger, sehr langsam denkender Pferdeknecht Haslinger saß bewegungslos, weit nach vorne gebeugt – entweder um der Kälte möglichst wenig Angriffsfläche zu bieten oder weil er dabei war einzuschlafen – auf dem Kutschbock. Seine Kiefer zermalmten monoton eine große Prise Kautabak. – Und in der Kutsche konnte man durch die Eisblumen an den Glasscheiben der Kabine einen Hund erkennen, der dem Ungeheuer Napoleon zum Verwechseln ähnlich sah.

Martin und Lucas näherten sich in hohem Tempo. Und als Haslinger das Gespann kommen hörte, richtete er sich auf, als hätte man blitzartig mit einem Stock seinen Rücken fixiert. Gerade wie eine Kerze saß er nun da und spuckte den Kautabakbrei in hohem Bogen aus – zielsicher, genau den schönen Rössern vor die Hufe.

In der Stube hatte sich derweil nichts verändert. Höll stand immer noch nahe an Kathi und redete so zuckersüß, wie er nur konnte, auf sie ein: »Du wohnst dann in meinem schönen Stadthaus drüben in Laufen. Schmuck und schöne Kleider warten auf dich in Hülle und Fülle. Meine Diener lesen dir jeden Wunsch von den Augen ab, du musst dir nie wieder die Hände dreckig machen und deine Tochter, die geht selbstverständlich in eine bessere Schul'. Wer kann dir sowas schon bieten?« Dann griff er sich Kathis Hand.

Sofort wollte sie sich losreißen und funkelte ihn mit ihren klaren Augen zornig an: »Höll, ich sag's zum letzten Mal! Lass mich bitte in Ruh!«

Doch Hölls Griff war fest wie ein Schraubstock: »Was bist du denn so bockig, Weib, ich mein's dir doch nur gut!«

Und jetzt platzte es aus der kleinen Anna heraus: »Lass Er sofort meine Frau Mutter in Ruh! Sie mag Euch nicht, merkt Er das nicht!?«

In diesem Augenblick traten Martin und Lucas ein. Martin erfasste sofort die Situation, eilte mit zornesrotem Gesicht auf Höll zu und riss ihn von Kathi weg: »Du bist ja schon wieder da, Höll! Lass endlich meine Frau zufrieden zum Donnerwetter! Da ist die Tür, also raus mit dir!«

Sofort war zu erkennen, dass Höll nur bei Frauen und anderen augenscheinlich Schwächeren mutig war, denn im selben Augenblick, als er Martin hörte und sah, zuckte er voller Angst zusammen und ging dann – ihn nicht aus den Augen lassend – Schritt für Schritt rückwärts – und trotzdem äffte er Martin nach: »›Meine Frau‹, sagt er, wo hast du eine Frau? Deine Gespielin ist sie, nix sonst! Und wenn sie nicht Vernunft annimmt, dann … Ich hab meine Mittel noch längst nicht ausgeschöpft!«

Martin hatte nun endgültig genug, trat auf Höll zu, schnappte ihn am Revers, schob ihn an Lucas vorbei ins Vorhaus und drohte: »Wenn du die Kathi nur noch ein einziges Mal beleidigst oder sie nicht in Ruhe lasst, dann schlagt's dreizehn, das schwör ich dir!«

Beim Wort »Dreizehn« zuckte Lucas zusammen. Und im Moment als Martin den Höll zur Tür hinausschob, stand plötzlich Dreizehn neben Lucas und zwinkerte ihm zu: »Ich will ja nicht angeben, aber ›Jetzt schlägt's Dreizehn‹, der Spruch ist von mir.«

Höll, eigentlich ein Hüne, hatte Martins Muskelkraft nichts entgegenzusetzen. Es folgte ein Fußtritt – und er flog durch die offene Haustür nach draußen, wo er auf allen vieren vor seinem Gespann landete. Das tat weh – noch dazu vor seinem Pferdeknecht Haslinger. So war er noch nie gedemütigt worden und so etwas lässt der »edle Höll« nicht auf sich sitzen! Das wird böse Konsequenzen haben, war seinem Blick zu entnehmen.

Kathi, Anna, Lucas und Dreizehn hatten Martin mit gemischten Gefühlen zugeschaut – und wie sich dann Höll erhob, notdürftig abputzte und sie seinen stechenden Blick sahen, ahnten sie, dass jetzt Schlimmeres auf sie zukommen würde.

Höll ging, vor Zorn bebend, zur Kutsche, öffnete den Verschlag, um einzusteigen ... Da traute Lucas seinen Augen nicht! Der riesige Hund, der in der Kutsche offensichtlich auf sein Herrl gewartet hatte, war Napoleon – mit der Zauberflöte Arragoz vor seinen Pfoten, die er wie einen Knochen bewachte. Lucas wollte sofort zu ihm hin, doch Höll war schon in der Kabine und zischte drohend in Richtung Martin: »Jetzt bist zu weit gegangen, Pilenta! Viel zu weit!« Dann wandte er sich an Haslinger und brüllte: »Was schaust denn so blöd, du Depp?! Los, fahr zu!«

Lucas beeilte sich zu sagen: » Entschuldigung, aber die Flöte, die gehört mir! Die hat mir der Hund da gestohlen!« Doch Haslinger schnalzte schon mit der Peitsche und die Pferde setzten sich in Bewegung – und er war äußerst geschickt beim schnellen Wenden des schwer zu bewegenden Vierergespanns.

Lucas lief, aufgeregt wie selten, mit der Kutsche mit, trat nahe an den Verschlag heran – und stolperte, nicht darauf achtend, dass die Kufen des Gefährts über seine Füße fahren könnten. Doch bevor dies tatsächlich passieren konnte, wollte es das Schicksal, dass ausgerechnet der Bösewicht Höll Lucas vor einer schlimmen Verletzung bewahrte: Dieser schlug nämlich mit seiner Hundepeitsche nach ihm, worauf Lucas zurückwich – und nur deswegen glitten die Kufen des schweren Schlittens anstatt über seine Zehen – zwar äußerst knapp, aber doch – daran vorbei. Höll rief ihm noch zu: »Mein Hund stiehlt nicht, du Saufratz, du depperter!«

Die Kutsche entfernte sich dann schnell in Richtung Salzachbrücke. Verzweifelt blickte Lucas ihr, besser gesagt seiner Flöte, nach. Und Dreizehn, die immer noch in Lucas' Nähe war, meinte cool: »Langweilig wird dir hier nicht, merkst du's?«

Lucas: »Das kannst du laut sagen.«

»Aber jetzt weißt du wenigstens, wo deine Flöte ist«, ergänzte sie.

Worauf Lucas sarkastisch meinte: »Das ist ausgesprochen beruhigend.« Und als er merkte, dass er von Anna irritiert beobachtet wurde – offensichtlich hatte sie bemerkt, dass er redete – erklärte er ihr: »Denk dir nichts, das sind nur Selbstgespräche … wegen der Aufregung …«

***

Martin stellte Lucas Kathi und Anna vor, erzählte die Geschichte ihres Kennenlernens, spannte dann seine beiden Pferde aus und führte sie in den Stall, der an Kathis Wohnhaus angebaut war, während Lucas von Anna in die Stube begleitet wurde, damit er sich dort aufwärmen konnte. Mit Annas Frage, ob er und seine Eltern auch ausgebrannt seien, konnte er zunächst nichts anfangen. Als ihm dann aber erklärt wurde, dass bei dem furchtbaren Feuer, dem in diesem Frühjahr beinahe die gesamte Salzburger Neustadt zum Opfer gefallen wäre, der Wind die verkohlten Schindeln bis hierher getragen habe, konnte er sich vorstellen, was passiert war. Daraufhin meinte er beruhigend, dass er und seine Eltern nicht dort wohnen würden – zudem seien sie – als fahrende Sänger – im Frühjahr gar nicht in der Stadt gewesen. Und für sich dachte Lucas, dass er sich doch einmal ausführlich mit der Geschichte Salzburgs beschäftigen müsste – schließlich hatten er und seine Eltern die Absicht, sich einmal in dieser Stadt sesshaft zu machen – im Falle, dass sie es sich einmal leisten können, das beschwerliche Wanderleben aufzugeben. Die Möglichkeit dazu wäre vielleicht gegeben, wenn Lucas Rhomburg den Beweis über die Originalfassung von *Stille Nacht* erbringen könnte.

Kathis Stall beherbergte außer Martins Pferden noch zwei Kühe, zwei Ziegen, einige Hühner, zwei Gänse und zwei Schweine. Die Zeit der Fütterung war gekommen und das war oft Annas Aufgabe. Also wollte sie sich dazu auf den Weg machen. Lucas bot an, ihr dabei zu helfen, wenn er auch nicht recht wusste, wie. Ob er sich denn mit Vieh auskenne, fragte sie ihn. Er zuckte die Achseln und meinte, dass so eine Fütterung doch nicht so schwer sein könne.

Wie es schien, waren sich die beiden sympathisch.

Einen Stall von innen hatte das Stadtkind Lucas noch nie gesehen – und sich so großen Tieren wie Pferden oder Kühen, selbst Ziegen, zu nähern, war ihm daher nicht ganz geheuer – wie den meisten Menschen Unbekanntes nicht ganz geheuer ist. Nur im Unterschied zu vielen anderen, die Unbekanntes oder Fremdes gar nicht kennen lernen wollen, um dadurch bei den dümmsten Vorurteilen bleiben zu können, war Lucas anders. Angst hat man meist nur vor dem, was man nicht kennt, haben ihn seine Eltern gelehrt. Also wird er die Viecher hier im Stall eben kennen lernen. So hatte er es immer gehalten und konnte dadurch sein Weltbild wunderbar erweitern und hatte besser als andere Gut und Böse unterscheiden gelernt, unabhängig von der Hautfarbe, von anderen Sitten oder Religionen.

Verschmitzt beobachtete ihn Anna, wie er die Tiere betrachtete, sich langsam an sie heranpirschte, vorsichtig die Hand hob, um sie zu streicheln. Und nachdem auch er dem Vieh sympathisch zu sein schien, ließ es sich kraulen und streicheln – eine der Kühe leckte ihm als Dank

– wie er glaubte – die Hand. In Wirklichkeit schmeckte ihr sein salziger Angstschweiß. Mutig jedoch ist nur, wer die Angst überwindet, auch das war eine Weisheit seiner Eltern.

Anna verdonnerte ihn zuerst zum Eisaufhacken am Brunntrog, ließ dann die Kühe zur Tränke, anschließend die Pferde – den anderen Tieren wurde mit Eimern Wasser geholt. Als Nächstes war Lucas zum Ausmisten abkommandiert, was ihm schon wegen des Geruchs nicht unbedingt Spaß machte – was Anna schelmisch lächelnd beobachten konnte. Sie selbst beschäftigte sich derweil mit der Fütterung der Tiere und Lucas hatte während seiner geruchsintensiven Arbeit Gelegenheit darüber nachzudenken, weswegen er eigentlich hier war: wegen der Originalfassung von *Stille Nacht*. Nur, wie sollte er vorgehen, um zu erfahren, wie die wirklich war? Es durfte ja keiner hier wissen, was er vorhatte – nicht einmal, wer er wirklich war.

Das Ergebnis seiner Grübelei war, dass er sich vornahm – auch um keinesfalls als eine Art Alien aufzufallen –, sich erst einmal langsam an die wichtigen Fragen heranzutasten, also erst Unwichtiges zu erfragen – wie er zumindest glaubte. Noch konnte er ja nicht wissen, wie wichtig alles hier für ihn war, um sein Ziel zu erreichen – falls er es denn überhaupt erreichen würde. Er wandte sich nun an Anna: »Der Mann, der deine Mutter nicht in Ruhe lässt, wer ist das?«

»Einer von drüben, aus Laufen«, sagte Anna, »der war schon lästig, als Oberndorf und Laufen noch beisammen waren. Richtig gemein ist der.« Sie streichelte eine der Kühe: »Na, Erika, geht's dir gut?«, und setzte schelmisch fort: »Die mag dich, hast g'sehen, die hat dir sogar die Hand geleckt? Wenn du willst, kannst du da im Stall bei ihr schlafen, oder oben im Heu.«

Lucas war darüber nicht sehr begeistert, hatte es sich aber nicht anmerken lassen. Anna durchschaute ihn trotzdem und fragte: »Wieso schaust du denn so? Ist doch schön warm da?«

»Ja, man riecht sie auch deutlich, die Wärme«, antwortete Lucas sarkastisch.

Darauf Anna neckisch: »Na ja, vielleicht finden wir ja auch im Haus drüben ein Platzerl für den hohen Herrn, dort riecht's dann nach gebratenen Äpfeln.«

Gemeinsam gingen sie dann hinters Haus und füllten einen großen Korb mit Brennholz, welches sie von einem mit Schwartlingen *(Randlatten von Baumstämmen, meist noch mit der Rinde dran)* zugedeckten Holzstapel nahmen. Etwas unterhalb von ihnen floss die Salzach ruhig der Abenddämmerung entgegen.

Anna zeigte zur Sandbank unten am Ufer: »Da unten, da hätte der Höll gern die Anlegestelle. Aber nur weil er der Reichste und Mächtigste weit und breit ist, muss ihn die Mama noch lange nicht mögen und unseren Grund

und unser Haus müssen wir ihm auch nicht überlassen, oder?«

Lucas ergänzte: »Wieso denn auch – und so einem Mistkerl schon gar nicht!«

Plötzlich sagte sie, so als hätte sie viel Mut für diese Frage benötigt: »Meine Mutter und mein Vater sind nicht verheiratet!« Dabei sah sie Lucas an, wartete gespannt auf seine Reaktion – diese kam aber nicht, da er nicht verstand, was sie meinte. Sie sagte weiter: »Der Höll droht nämlich seit Jahren dem Pfarrer, dass er nichts mehr spendet, wenn meine Eltern verheiratet werden.«

»Das geht so einfach?«, fragte Lucas.

Anna klärte ihn auf: »Dass eine Katholische und ein Lutherischer nicht zusammenkommen dürfen, das ist auch genau die Meinung von unserem Pfarrer. Ich wollte ihn eh schon einmal fragen, ob er sicher ist, dass der Herr Jesus das auch verbieten tät. Aber das gibt dann noch mehr Ärger. Und den können wir nicht brauchen. Die meisten Leut im Ort denken eh schon genauso wie der Pfarrer Nöstler …« Nach einer Pause sagte sie: »So, jetzt weißt du's. Also?«

»Was also?«

»Du bist doch auch katholisch, oder? Also gefallen dir unsere Zuständ sicher auch nicht.«

»Mir? Ich sehe das ganz cool.«

»Kuhl? Was heißt das?«

»Na ja, ich meine, dass sich die Religion bei sowas

nicht einmischen darf. Deine Eltern mögen sich doch, oder? Und das geht keine Religion etwas an. Mein Vater hat gesagt, dass man sich von niemandem auf der Welt, auch von keiner Religion, keiner Kirche, keiner Synagoge, keiner Moschee und keinem Tempel den Glauben verderben lassen darf. Überall wo sich die Religion in die Politik oder ins Zusammenleben von Menschen einmischt, gibt's Krieg, Missgunst und Verderben«, sagt mein Vater.

Anna bekam darauf große Augen: »Das hat dein Vater gesagt? Echt? Ham's den noch nicht eing'sperrt?«

»Wieso denn? Staat und Kirche sind immer zwei paar Stiefel und das kann man auch laut sagen.« Dann erklärte Lucas, dass auch er Sorgen habe und dass es am Heiligen Abend eine besondere Musik in der Kirche geben würde.

Auf ihre Frage, woher er denn das wisse, antwortete er nach längerem Nachdenken, sie unsicher anblickend: »Anna, ich verrate dir jetzt ein Geheimnis. Aber du darfst es unter keinen Umständen, nie im Leben, beim Leben deiner Eltern, du darfst das nie, nie, nie jemandem erzählen. Das musst du schwören!«

Anna erschrak und meinte darauf: »Um Gottes willen, das muss ja ein ganz furchtbares Geheimnis sein!«

»Furchtbar nicht, aber irgendwie verrückt.«

»Jetzt bin ich aber neugierig … Also gut, ich schwöre«, sagte sie.

Und auf einmal war Lucas ziemlich abgelenkt – denn so wie sie jetzt vor ihm stand – im letzten Licht des Tages – und ihn mit ihren großen blauen Augen ansah, rutschte ihm plötzlich heraus: »Irgendwie bist du sehr hübsch und auch sehr nett!«

Anna reagierte darauf wie selbstverständlich: »Das ist aber kein Geheimnis. Ich weiß schon, wie ich ausschau. Na sag endlich, was ist das für ein Geheimnis?«

»Wie soll ich dir das erklären?«

Nun wurde Anna ungehalten: »Was druckst denn so herum? Sag's einfach, ich werd's schon verstehen, bin ja nicht dumm!«

Daraufhin Lucas: »Gut, dann vielleicht so ... Also, ich komme ... Ich komme aus der Zukunft.« Er zeigte zum Himmel: »Irgendwie von da oben, ich weiß es auch nicht so genau, jedenfalls komme ich aus der Zukunft.«

Stille ...

Anna betrachtete Lucas wie ein exotisches Wesen, und sagte dann trocken: »Du spinnst.«

»Nein, es ist wahr ...«

»Ich glaub dir kein Wort. Du und aus der Zukunft. Also ich hab schon viele Angeber erlebt, aber so einen Bären hat mir noch keiner aufbinden wollen.«

»Du musst es ja nicht glauben. Trotzdem darfst du es niemandem erzählen, du hast es geschworen.«

»Sowas erzähl ich bestimmt niemandem, sonst fangen sie dich ein und sperren dich ins Irrenhaus und mich gleich dazu.« Damit war für Anna die Sache erledigt ...

***

In großen Flocken fiel Schnee vom Himmel. Hilfspfarrer Josef Mohr saß fest eingemummt auf dem Kutschbock und trieb sein Pferd heftig an. Wie der Wind glitt sein Schlitten durch die beginnende Nacht – so als müsse er, bevor Furchtbares geschieht, ein bestimmtes Ziel erreichen.

***

Anna, Martin und Kathi hatten sich wegen des Vorfalls mit dem unangenehmen Zeitgenossen Höll beruhigt. Kathi stellte einen dampfenden Suppentopf in die Durchreiche von der Rauchküche in die Stube, welchen Anna in Empfang nahm und mitten auf den Tisch stellte. Alle setzten sich und aßen zu Abend. Lucas musste haargenau aufpassen, wie sich die anderen verhielten, um es ihnen nachmachen zu können. Es durfte ja nicht auffallen, dass er andere Sitten gewohnt war.

Wie hält man hier den Löffel? Mit der Faust oder wie heute üblich mit Daumen und zwei Fingern? Isst man mit Messer und Gabel? Darf man reden, während man isst und möglicherweise den Mund voll hat? All dies lernte er, indem er genau beobachtete, was die anderen taten, um es dann zeitverzögert nachzumachen. Dabei war er so geschickt, dass nicht mal Anna auffiel, dass er andere Tischsitten gewohnt war. Lucas konnte aber keine festen Regeln feststellen – jeder hier aß nach seiner Fasson. Der Alltag dieser Leute war wohl zu mühsam, um sich auch noch Gedanken über Tischsitten zu machen.

Was auffiel, war, dass keiner einen eigenen Teller hatte. Man aß die Suppe aus der Schüssel, die in der Tischmitte stand. Dazu gab es trocknes, selbstgebackenes Roggenbrot, und das war's. Die Suppe war keine Vor-, sondern die Hauptspeise. Trotzdem war jeder damit zufrieden – zudem schmeckte sie auch recht gut. Man betete, bevor man mit dem Essen begann, sagte »Vergelt's Gott« und bekreuzigte sich, wenn es beendet war. Die Löffel wurden dann gut mit einem Leinengeschirrtuch abgewischt und für das nächste Mal bereitgelegt. Fließendes Wasser im Haus, welches das Abwaschen erleichtert hätte, gab es nicht, und das im großen Krug in der Rauchküche wurde zum Trinken und, was übrig blieb, für die Abendtoilette gebraucht. Man hatte es, als es noch hell war, dem Brunnen vor dem Haus, aus welchem unaufhörlich eiskaltes Wasser floss, entnommen.

Zwei Mal am Tag wurde das Eis im Brunntrog zertrümmert, damit auch das Vieh an Wasser kommen konnte. Damals war es normal, nicht nur die Pferde, sondern auch die Kühe zur Tränke rauszulassen – auch um ihnen selbst im Winter etwas Bewegung zu ermöglichen. Im Gegensatz zu heute – dachte Lucas –, wo es immer noch Bauern gibt, die ihre Kühe ein Leben lang mitleidlos am selben Platz angekettet im Stall stehen lassen.

Nachdem der Durst gelöscht war und das Vieh sich etwas die Füße vertreten hatte, sind sie dann freiwillig wieder in den Stall zurück – und jede hat ihren Platz selbständig gefunden.

Feststellen konnte Lucas, dass während des Essens geschwiegen wurde. Jeder war in seine Gedanken versunken, bis Martin plötzlich sagte, dass man Unangenehmes – wie den Auftritt Hölls – vergessen und mit guten Gedanken zu Bett gehen sollte; zum Beispiel mit dem Gedanken, dass man einem pfiffigen Buben namens Lucas begegnet sei und ihn – zumindest vorübergehend – gerne aufgenommen habe. Schutzbedürftigen Schutz zu gewähren sei nicht nur zur Weihnachtszeit ein christliches, eigentlich ein menschliches Gebot. Die freundlichen Blicke von Maria und Anna zu Lucas zeigten Zustimmung.

Lucas nickte dankbar. Seine Gedanken aber waren vorwiegend mit der Flöte beschäftigt: »Der Hund von diesem Höll, der hat meine Flöte geklaut«, sagte er plötzlich.

»Musizierst du gerne?«, fragte ihn Kathi daraufhin.

»Nein – oder ja, auch ... Nein, doch! Aber die Flöte, die ist ...« – er konnte und wollte auch nicht erklären, was sie wirklich ist. »Also die ist, die Flöte ist das Einzige, was ich habe – ich mag sie einfach«, setzte er fort.

Worauf Anna einwarf: »Eine richtige Bestie ist das, genauso wie sein Herrl. Mein Vater hat gesehen, wie der Hund sogar einen Bettler zerfetzt hat.«

Martin beruhigte: »Jetzt übertreib nicht, Annerl, er hat ihm nur seine Hosen zerrissen und das wahrscheinlich auch nur, weil ihn der Bettler getreten hatte. Ganz geheuer ist mir das Viech aber trotzdem nicht – 's Gscherrl ist wie's Herrl, heißt's doch.« Dann hob Martin plötzlich seinen Kopf, lauschte und sah zum Fenster hinaus: »Was will denn der Hilfspfarrer so spät noch bei uns?«

Martin stand auf, wollte zur Tür, da klopfte es auch schon laut und Josef Mohr trat aufgeregt ein: »Grüß Gott miteinander, Martin, sie wollen dich einsperren, weil du ein Ross gestohlen hast!«

»Ein Ross gestohlen?! Wer sagt denn sowas?«

»Vielleicht haben sie dir schon eins in den Stall gestellt. Komm, schauen wir nach – schnell!«

Martin nahm eine der beiden Petroleumlampen, eilte gemeinsam mit Mohr nach draußen und weiter über den Hof in den Stall.

Die beiden merkten sofort, dass hier etwas nicht stimmte. Das Vieh war normalerweise um diese Zeit schon längst zur Ruhe gekommen, jetzt aber sehr unruhig – und da entdeckten sie auch schon die Ursache dafür und mussten erkennen, dass eingetreten war, was Mohr befürchtet hatte: Nicht nur Martins beide Pferde standen in der Box, sondern auch ein drittes!

Martin starrte das Tier ungläubig an: »Ich glaub das net! Solche Halunken! Das Ross muss weg, und zwar schnell!« Er reichte Mohr die Petroleumlampe, öffnete den Hinterausgang, nahm das Pferd an der Mähne und redete ihm gut zu: »Na komm, sei brav. Du musst raus da – und dann schnell nach Hause mit dir.«

»Jaja, dass hättest jetzt gern, was? Aber leider zu spät!«, dröhnte es laut vom Hintereingang, nachdem die Tür grob aufgestoßen wurde. Hier standen jetzt der Gendarm Siebinger und drei Soldaten, darunter Rubenzucker, welcher süffisant fortsetzte: »So ist es: zu spät, Pilenta, aber nur für dich, für uns genau richtig. Der Dieb mit dem Corpas Dings …, Corpas Deliki.«

Siebinger verdrehte die Augen und korrigierte: »Corpus Delicti.«

Rubenzucker: »Was?«

Siebinger: »Corpus Delicti!«

Darauf Rubenzucker: »Genau das mein ich, oder so ähnlich, wie der Richter sagen tät.«

Inzwischen waren auch Kathi, Anna und Lucas herbeigeeilt, um zu sehen, was passiert war, und hörten Siebinger sagen: »Und ein Geistlicher als Zeuge. Nichts Besseres kann einem Gendarm passieren.«

Josef Mohr beugte sich zu Martin und flüsterte: »Verschwinde, schnell!« Und er hatte noch nicht zu Ende gesprochen, eilte Martin schon zum Vordereingang, vorbei an Kathi, Anna und Lucas und über den Hof in Richtung Wohnhaus – und seine Familie, inklusive Lucas, hinterher. Siebinger und die Soldaten wollten ihm nach, doch Mohr bugsierte das angeblich gestohlene Pferd aus der Box, so dass ihnen der Weg versperrt war. Siebinger brüllte: »Ja Kruzifix, was tut er denn da!?«

Mohr entgegnete darauf ungerührt: »Nichts, Gendarm, das Pferd hat seinen eigenen Willen. Aber was hör ich denn da? Ein Fluchen in Anwesenheit eines Gottesmannes! Du wirst dich jetzt sofort bekreuzigen, mein Sohn, und wehe dir, wenn ich dich nicht am Sonntag im Beichtstuhl sehe!«

Siebinger erschrak – Gott und seine Stellvertreter auf Erden betrachtete er definitiv als Autorität, die auch einem Staatsdiener Befehle erteilen können. In nur zwei Jahren war es unmöglich, die Gewohnheiten aus Zeiten abzulegen, als noch ein Fürsterzbischof das Land regierte, bevor das Land Salzburg 1816 dem Kaiserreich Österreich angeschlossen wurde. Martins Verfolger bekreuzigten sich also und Siebinger ergänzte: »Jawohl, am Sonntag beichten, Ehrenwort« und eilte, gefolgt von den anderen vier, Martin hinterher.

Martin war inzwischen ins Wohnhaus geflüchtet, verriegelte die Tür von innen, umarmte Kathi, strich Anna übers Haar und wollte weg. Im selben Moment wurde grob an die Tür geklopft und Siebinger rief: »Pilenta, mach sofort auf, sonst schlagen wir die Tür ein. Hast du gehört? He! Ja Kruzifix, aufmachen hab i g'sagt!«

Und keine Sekunde später ertönte die mächtige Stimme Mohrs: »Ja, zum Donnerwetter, du fluchst ja schon wieder! Knie augenblicklich nieder und bete drei Vaterunser!«

Und tatsächlich, Siebinger kniete nieder, bevor er aber zu beten begann, rief er seinen Begleitern zu: »Los, Tür eintreten! Vater unser, der du bist im Himmel, geheiligt werde dein Name ... Eintreten, sage ich, zum Donnerwetter! ... dein Reich komme, dein Wille ...«

Die Soldaten nahmen Anlauf, krachten gegen die Tür, die Tür zersplitterte, die Männer stürmten ins Haus, sahen sich um, eilten in die Stube ... Aber Martin war nirgendwo zu sehen. Kathi und Anna verfolgten nervös das Geschehen. Lucas kam dann eilig in die Stube, und um die Soldaten in die Irre zu führen, rief er in Richtung Vorhaus: »Martin, gib auf, du musst dich stellen – du hast doch nichts getan!«

Die Diener der Obrigkeit stürmten daher an Kathi, Anna und Lucas vorbei ins Vorhaus, wo sie jetzt Martin vermuteten. Doch hier war Martin auch nicht – ebenso nicht in der Rauchküche. Nach oben zu den Schlafkammern ging die wilde Jagd weiter, während vor der Eingangstür, beaufsichtigt von Mohr, Siebinger immer noch sein Vaterunser runterleierte.

Kaum waren die Männer oben in den Kammern verschwunden, kletterte Martin aus der großen Getreidetruhe, winkte seiner Familie zu, nahm eine warme Jacke vom Haken, ein Stück Brot aus Kathis Händen, küsste sie flüchtig, umarmte Anna, der die Tränen über die Wangen kullerten, nickte Lucas zu, eilte durch den Hinterausgang ins Freie und verschwand in der dunklen Nacht.

Gerade als Siebinger zu Ende gebetet hatte, kamen die Soldaten von oben zurück. Rubenzucker – ziemlich außer Atem – wandte sich grob an Kathi: »Also, wo ist er?«

Da baute sich Lucas mutig vor ihm auf und sagte streng: »Hat er denn einen richterlichen Durchsuchungsbefehl?«

»Einen was?« Rubenzuckers Gesichtsausdruck verriet, dass er von so etwas noch nie gehört hatte. Und Mohr, Kathi und Anna konnten ihr Erstaunen über den Auftritt dieses jungen Mannes nicht verbergen. Lucas pokerte – in Wirklichkeit hatte er nämlich nicht die geringste Ahnung, wie die Gesetze damals waren. Ungerührt fuhr er fort: »Er befindet sich auf privatem Grund und Boden! Ohne Durchsuchungsbefehl hat er hier nichts verloren. Kann ich seine Dienstnummer haben, seine Einheit und seinen Namen? Und den Namen des Vorgesetzten, dem der Vorfall hier unbedingt zur Kenntnis gebracht werden muss – wegen eines Disziplinarverfahrens gegen alle hier. Auch gegen ihn!«, wandte er sich nun auch an den sprachlosen Siebinger. Lucas' Worte zu begreifen, bedurfte es, wie man unschwer an den dummen Gesichtern der Soldaten ablesen konnte, einer langen Nachdenkpause – je nach dem Grad der Begriffsstutzigkeit des Einzelnen.

Siebinger war noch der Hellste unter ihnen, also auch der Erste, der seine Sprache wiederfand: »Ist sein Vater … äh, ist dein Vater Advokat?«

»Was mein Vater ist, spielt keine Rolle. Es gibt Gesetze, an die er sich zu halten hat.«

Siebinger dachte nach, erkannte dann, dass eine Diskussion mit Lucas ihn nicht weiterbringen würde, und wandte sich an die Soldaten: »Ihr habt alles genau durchsucht?« Die Soldaten nickten. Aber dann trug auch Mohr zur Verwirrung Siebingers bei: »Siebinger, sag, weißt du, dass das da nicht der Besitz vom Martin Pilenta ist, sondern der von der Kathi Kerschbaumer? Soll die vielleicht auch verhaftet werden?«

Siebinger schüttelte unsicher den Kopf und jetzt war Lucas wieder dran: »Dann wird er wohl die Reparatur der Tür da zahlen müssen.«

Siebinger verblüfft: »Wer, i? Äh, wieso? Ich hab die Tür ja nicht eingetreten, das waren die da!«, wobei er auf Rubenzucker und die anderen Soldaten deutete.

Lucas: »Aber Ihr habt den Befehl dazu gegeben, dafür gibt es Zeugen!«

Rubenzucker stimmte sofort zu: »Wo er recht hat, hat er recht, der Bua, jawohl! Du musst die Tür zahlen, Siebinger!«

Lucas: »Wir lassen die Tür herrichten und die Rechnung wird ihm zugestellt. Kann ich seine Adresse haben?«

Siebinger bekam langsam das Gefühl, ein Wesen von einem anderen Stern vor sich zu haben. Und nachdem er nicht wusste, wie er sich weiter verhalten sollte, drehte er sich einfach um und wollte wortlos verschwinden. Die beiden Soldaten folgten ihm augenblicklich, um nicht in eine ähnliche Bredouille zu geraten, doch Rubenzucker rief Siebinger aufgeregt zu – wohl um nicht selbst zur Kasse gebeten zu werden: »Du sollst ihm deine Adresse geben, hast du Bohnen in die Ohren?«

Siebinger stapfte ohne zu reagieren weiter. Rubenzucker rief daher Kathi zu: »Ich besorg mir die Adress und lass sie dir zukommen, Kathi.«

Siebinger drehte sich um und fuhr ihn scharf an: »Halt endlich dein blödes Maul, du Hirsch, schau mit deine Soldaten lieber runter zur Salzach, ob er sich dort irgendwo versteckt hat!«

Anna und Kathi starrten Lucas bewundernd an und Mohr sagte: »Ich weiß nicht, was ich davon halten soll, Lucas. Ehrlich gesagt, so beherzt hab ich noch nie jemanden in deinem Alter reden hören ... Gibt es eigentlich etwas, wovor du keine Angst hast?«

»Herr Hilfspfarrer, da gibt's eine ganze Menge, und Probleme hab ich auch genug«, erwiderte Lucas, stolz, mit diesem berühmten Mann ein Gespräch führen zu können. »Aber Probleme sind da, um gelöst zu werden, oder?« Und jetzt erwischte Lucas einen der bewundernden Blicke von Anna – worauf sie schnell verlegen zu Boden sah.

Glücklicherweise bekamen Mohr, Lucas und vor allem Kathi und Anna von einem Ereignis, das sich zur selben Zeit hinter ihrem Haus zusammenbraute, nichts mit. Dort mühte sich nämlich Martin gerade hinter einem Holzstoß ab, eine Zille vom Schnee zu befreien. Endlich hatte er es geschafft und zog nun das schwere Ding zur Salzach hinunter. Im selben Moment kamen die Häscher ums Haus, sahen ihn aber nicht sofort, weil ihnen der Holzstoß die Sicht versperrte.

Martin hatte nun die Sandbank erreicht, schaute sich um und wurde jetzt von Rubenzucker und seinen Begleitern entdeckt. Rubenzucker schrie aufgeregt: »Schaut's, da ist er!«, worauf Martin, so schnell er konnte, die schwere Zille in den Fluss schieben wollte.

Oben tauchte nun auch Siebinger auf, während Rubenzucker und die Soldaten durch den tiefen Schnee zu Martin hinunterhetzten. Siebinger brüllte: »Mach keinen Blödsinn, Pilenta, wir müssen sonst schießen!« Martin ignorierte den Ruf. Die Wolken gaben aber den Mondschein frei – einen dümmeren Zeitpunkt hätte sich das Schicksal dafür nicht aussuchen können – und Martin war nun gut zu sehen. Er sprang in die Zille, stieß sich vom Ufer ab, musste jedoch wieder aussteigen, weil das Boot noch nicht die Strömung erreicht hatte. Wieder musste er schieben, wieder rein in die Zille und endlich hatte er es geschafft: das Boot nahm Fahrt auf und trieb jetzt in die Flussmitte.

Rubenzucker und die beiden Soldaten waren stehen geblieben, um ihre Musketen zu laden. Und Rubenzucker rief: »Du willst es nicht anders!« Damit wandte er sich an seine Begleiter und befahl: »Feuer!«

Die Soldaten legten die Gewehre an und schossen. Neben Martins Zille spritzte es auf, die Soldaten luden eilig nach, doch bevor sie wieder schussbereit waren, trieb Martin schon so weit weg, dass er von den Gewehrkugeln nicht mehr erreicht werden konnte.

***

Die beginnende Morgendämmerung schaffte es nicht, Lucas, der eingerollt in eine Decke auf der Ofenbank schlief, zu wecken. Also wollten ihn auch Anna und Kathi schlafen lassen und bewegten sich leise durch die Stube. Anna – fertig und warm angezogen – hängte sich den Schulranzen um, den Kathi für sie bereithielt. Und wie zu vermuten war – mehr oder weniger absichtlich – stieß Anna an einen Stuhl und erreichte damit, was sie wollte. Lucas wachte auf, hatte im ersten Moment überhaupt keine Ahnung, wo er sich befand, blinzelte und blickte sich um – es dauerte etwas, bis er die Orientierung wiederhatte! Doch dann sah er Anna und ihr spitzbübisch entschuldigender Blick half seiner Erinnerung auf die Sprünge.

»Auch schon munter, der Herr?«, sagte sie dann lächelnd.

Schon setzte sich Lucas auf und gähnte: »Guten Morgen«. Die beiden erwiderten seinen Gruß. Lucas sah dann Annas Schulranzen und wollte sofort wissen, in welche Schule sie ging: »Musst du nach Oberndorf in die Schule?«

»Ich spinn doch nicht«, war Annas Antwort. »Dort hänseln die mich ja noch mehr wie in Arnsdorf.« Und Kathi ergänzte: »Außerdem ist es nach Arnsdorf nicht viel weiter.«

Wie elektrisiert sprang Lucas auf und schlüpfte in seine Kleider, meinte dabei: »Dein Lehrer heißt Franz Xaver Gruber, stimmt's? Er spielt Orgel in der Kirche und hat das Lied *Stille* …«

Lucas unterbrach sich selber und schüttelte über sein beinahe verräterisches Geplapper den Kopf. Trotzdem saß nun Dreizehn auf der Ofenbank, schüttelte ebenfalls ihr strubbeliges Haupt und sagte vorwurfsvoll: »Mein Gott, schon wieder!«

Und Anna, nachdem Lucas nicht weiterredete: »Spielt Orgel in der Kirche und hat was?«

Dreizehn: »Jetzt bin ich aber gespannt, wie du dich da wieder herauswindest.«

Lucas schlagfertig: »Er komponiert Lieder, hab ich gehört, und seit der Michael Haydn tot ist und uns die Habsburger regieren und überall die Spitzel vom Metternich herumlaufen, ist Stille in Salzburg, jetzt passiert alles nur noch in Wien, wollte ich sagen.«

Dreizehn bewundernd: »Hey, nicht übel, junger Mann, Kompliment.«

Und Anna meinte staunend: »Ich glaub's net. Mensch, du weißt aber viel!«

Lucas zuckte die Achseln: »Meine Eltern sind Wandermusikanten, da schnappt man das eine oder andere eben auf. – Hast du was dagegen, wenn ich dich in die Schule begleite?«

***

Kurze Zeit später – es war immer noch dämmrig – machten sich Lucas und Anna auf den Weg nach Arnsdorf. Zuerst gingen sie schweigend nebeneinander her, bis Anna begann, Fragen zu stellen: »Kommst du aus der Stadt?« Lucas bejahte. Anna weiter: »Wieso willst du dann da in die Schul gehen?«

»Wenn ich schon da bin, will ich auch etwas lernen.«

»Und wieso bist du überhaupt da?«

»Was soll ich sagen, du glaubst es mir ja eh nicht.«

»Und deine Eltern, wo sind die?«

»In der Zukunft.«

Anna verzog genervt ihr Gesicht: »Möcht wissen, was ich dir getan hab, dass du mich dauernd anschwindeln musst.«

»Was hab ich gesagt? Du glaubst mir nicht, aber wenn ich meine Flöte wiederhab, dann werde ich dir beweisen, dass ...« Den Satz beendete er nicht, denn Höll kam ihnen mit seiner Kutsche entgegen und rauschte, Wolken von Schnee aufwirbelnd, an ihnen vorbei in Richtung Kathis Haus.

Diesmal saß Höll selber auf dem Kutschbock – neben ihm sein Pferdeknecht Haslinger und zwischen den beiden der Hund Napoleon, stolz die unversehrte Flöte im Maul!

So schnell konnte Anna gar nicht schauen, rannte Lucas der Kutsche hinterher.

Vor Kathis Haus angekommen, riss Höll derart grob die Zügel zurück, dass der Biss des Zaumzeugs den geschundenen Pferden tief ins Maul schnitt. Kaum war das Gefährt zum Stehen gekommen, rief er: »Kerschbaumerin!«

Rufen wäre aber gar nicht nötig gewesen, denn Kathi war gerade dabei, die Eingangstür notdürftig zu reparieren.

Lucas und Anna kamen angerannt, blieben keuchend neben der Kutsche stehen und hörten Höll sagen: »Dein Martin treibt offenbar einen regen Pferdehandel! Sag nicht, dass du darüber nicht Bescheid weißt, logischerweise bist du seine Komplizin. Aber ich vergess die ganze Sache, wenn wir zwei uns einigen.«

Kathi tat, als würde sie ihn gar nicht hören, schaute nicht einmal von ihrer Arbeit auf und beschäftigte sich demonstrativ weiter mit der Tür. Und Lucas' ganze Aufmerksamkeit – im Gegensatz zu jener von Anna – galt nicht Hölls niederträchtigem Erpressungsversuch, sondern Napoleon, besser gesagt seiner Flöte. Denn wenn er die wieder in den Händen hätte, könnte er viele der Probleme hier lösen helfen, davon war er überzeugt – unabhängig davon, dass er sich ständig darüber Gedanken machen musste, was passieren könnte, wenn er die Flöte nicht mehr bekommen würde. Ob es dann überhaupt noch eine Möglichkeit gäbe, wieder in seine Zeit heimzureisen?

Vorsichtig näherte er sich dem Hund, was Höll sofort bemerkte und Lucas mit seiner Peitsche auf Abstand halten wollte: »Halt, Bürscherl! Was willst du da?«

»Euer Hund hat mir meine Flöte weggenommen, er hat sie im Maul«, versuchte Lucas ruhig zu erklären.

»Geht das schon wieder los!«, fauchte Höll ihn an und schnalzte mit seiner Zunge. »Nicht frech werden, Bürscherl, ja?! Mein Hund stiehlt nicht, merk dir das!«

Aber Lucas ließ sich nicht beirren, drückte die Peitsche zur Seite und sagte trotzig: »Es stimmt aber, die Flöte gehört mir!« und machte dabei einen weiteren Schritt auf die Kutsche zu. Darauf wurde Höll zornig: »Ja Kruzifix, gehst du weg von meiner Kutschen!«

Anna und Kathi – auch Haslinger – bekreuzigten sich und Höll ließ seine Peitsche knallen und streifte dabei Lucas leicht an der Wange.

Lucas zuckte zurück, wischte über sein Gesicht und betrachtete ungläubig das Blut an seiner Hand. Nun ebenfalls zornig griff er flink – so schnell konnte Höll gar nicht reagieren – nach der Peitsche, riss daran und damit den überraschten Höll, der die Peitsche nicht loslassen wollte, beinahe vom Kutschbock.

In letzter Sekunde griff Anna ein: »Nicht, Lucas, hör auf!«, worauf Lucas die Peitsche losließ.

Höll blickte Anna anerkennend an und sagte: »So ist es recht, mein Stieftöchterlein in spe.« Dann wandte er sich wieder Kathi zu: »Und was ich dir sagen will, Kathi: Dein Martin hat sich selber für schuldig erklärt, weil er geflohen ist. Er ist vogelfrei und jeder darf jetzt auf ihn schießen. Ich kann das verhindern, wenn du willst. Du weißt, welchen Einfluss ich immer noch hab da in Oberndorf. Also überlege es dir gut.« Er lächelte plötzlich freundlich, zwinkerte Anna aufmunternd zu, wendete die Kutsche und kurz darauf sah man nur noch die Schneewolke, die hinter ihm herwirbelte.

Lucas schaute ihm sorgenvoll nach. Kathi hatte Tränen in den Augen und Anna versuchte sie zu trösten: »Die erwischen den Herrn Vater nie, Mama, dazu ist er viel zu schlau.« Lucas aber war voller Wut: »Aber ich werde diesen Höll erwischen! Eines Tages wird der noch ganz klein, das schwöre ich euch!«

***

Vor der Schule in Arnsdorf warteten mehrere Kinder, kleine, mittlere, große, darunter auch Fritz und Albert, zwei von den nicht sehr sympathischen – solche soll es ja auch geben und gegeben haben – was diese beiden auch gleich untermauerten, denn sie legten sofort dumm grinsend los, als sie Anna und Lucas heraneilen sahen: »Schaut's, die Protestanten-Anni hat einen neuen Verehrer!«, tönte Fritz besonders laut.

Anna stieß Lucas an und erwiderte laut, dass es alle gut hören konnten: »Gar nicht hinhören, Lucas, der kann eh nix außer blöd daherreden, für mehr ist sein Hirn viel zu klein.«

Fritz wollte daraufhin drohend auf Anna zu: »Frech werden a no, das Balg. Was ist dir lieber, eine Watschn oder dass ich dir die Zöpf abschneid?«

Lucas trat daraufhin nahe an ihn ran und sagte: »Bist du sicher, dass du dich das traust?« Dabei sah er Fritz fest in die Augen, was dieser, obwohl er Lucas um einen Kopf überragte, doch sehr verunsicherte. Und es fiel ihm als Antwort nichts Besseres ein als: »Wer bist denn du überhaupt?« Da mischte sich Albert ein und forderte Fritz auf: »Frag net lang, tusch ihm eine!« Doch als Fritz die zornigen Augen von Lucas sah, deren Blick er nicht standhalten konnte, meinte er zu Albert: »Tusch doch du ihm eine«.

Nun trat der Lehrer, Franz Xaver Gruber, aus dem Schulhaus und läutete mit der Handglocke: »So, Kinder, rein mit euch!«

Artig und respektvoll grüßend – auch Fritz und Albert – eilten die Kinder in die Klasse. Anna blieb mit Lucas draußen stehen und Lucas starrte Gruber an wie einen Geist. Zuerst den Textdichter Mohr und jetzt auch noch den Komponisten des *Stille-Nacht-Liedes* vor sich stehen zu sehen, in voller Lebensgröße, das war sicher einer der Höhepunkte seines Lebens! Jedenfalls war er im Moment absolut sprachlos. Geistesabwesend nahm er dann wahr, wie Anna sagte: »Grüß Gott, Herr Lehrer. Darf ich Euch etwas fragen? Das da ist der Lucas Schratt, er möchte gern in unsere Schule gehen. Tätet Ihr das erlauben?«

»Sag jetzt nicht, dass der freiwillig in die Schul gehen möcht!«, erwiderte Gruber und Lucas beeilte sich zu sagen: »Logisch freiwillig! Ich meine, das wäre ein Hit …«

Und schon stand Dreizehn wieder neben ihm und verschwand auch gleich wieder, da sie merkte, dass Lucas selber erkannte, dass er Quatsch geredet hatte (*das Wort »Hit« kann zu dieser Zeit nämlich noch niemand gekannt haben*), und fuhr fort mit »Hit... Hit... Hitschi«. Er nieste kräftig, entschuldigte sich dafür und meinte: »Das würde mich natürlich sehr freuen, wenn Ihr es erlauben würdet ..., äh ..., wollte ich sagen.«

Gruber reagierte darauf erfreut: »Ja, da schau her, da haben wir ja einen, der den Konjunktiv kann! Herzlich willkommen, Lucas! Ich bin der Lehrer Franz Xaver Gruber. Und natürlich erlaub ich's, also rein mit dir.«

Niemals zuvor und wohl auch nie wieder in der Zukunft freute sich Lucas so sehr, eine Schule betreten zu dürfen. Einige Schulen hatte er nämlich als Tempel der puren Langeweile erlebt, mit autoritären, überbürokratischen Direktoren, die nur wegen ihrer politischen Färbung diesen Posten bekommen hatten. Und entsprechend langweilig waren dann dort auch viele Lehrer, die nie im Leben auf die Idee kommen würden, dass unterhaltend unterrichten die Aufmerksamkeit und den Spaß am Lernen fördern würde. Sie wissen eben nicht, dass »Langeweile der Tod ist«, wie Theaterleute sagen.

***

Lucas und Anna betraten das Klassenzimmer. Vorne, neben dem Lehrertisch, stand eine große Schultafel, auf den Pulten lagen Schiefertafeln und Griffel. Die Kinder setzten sich in die Schulbänke – Buben und Mädchen getrennt – daher wunderten sich alle, als Lucas sich neben Anna setzte. Sofort färbten sich ihre Wangen rot, doch dann dachte sie sich: Das steh ich jetzt durch, ich muss mich nicht dafür genieren, dass ich jetzt einen Freund habe, für den ich kein Balg bin – genieren müssen sich die anderen, die mich dauernd necken und auf mich herabschauen.

Mit diesen mutigen Gedanken im Kopf rückte sie sogar näher an Lucas heran und schaute provokant um sich, mitten in die verblüfften Gesichter ihrer Schulkameraden. Lehrer Gruber, der dies beobachtete, lächelte in sich hinein – verkniff sich aber den Kommentar dazu. Und Lucas hatte natürlich überhaupt kein Problem mit Annas Nähe, im Gegenteil – zudem war er im Moment mehr auf den Komponisten von *Stille Nacht* fixiert und starrte ihn fasziniert an.

Als dieser dann zu reden begann, wanderte auch die Aufmerksamkeit der anderen Schüler nach und nach zu ihm: »Also, Herrschaften«, sagte Gruber, »zuerst möchte ich unseren neuen Schüler ein bisserl kennen lernen. Lucas, erzähl von dir, woher du kommst und so weiter.«

Lucas stand auf und wusste im Moment nicht, wie er anfangen sollte. Auf so eine Situation war er nicht vorbereitet. Er sammelte sich und sagte: »Äh … Ich heiße

Lucas Schratt, meine Eltern sind ..., das sind Wandermusikanten und viel unterwegs ...«

Gruber setzte freundlich fort: »Und weil sie immer unterwegs sind und du in die Schule gehen willst, deswegen bist du jetzt da, oder?«

Darauf Anna: »Ja. Und wohnen tut er bei uns.«

»Anna, der Lucas kann doch selber reden, nicht wahr?«, sagte Gruber.

Anna wurde wieder rot im Gesicht: »Ja. I bitt um Entschuldigung.«

»So, Lucas, komm bitte an die Tafel, ich möchte wissen, was du bis jetzt gelernt hast. Was ist dir lieber, Rechnen oder Schreiben?«

Lucas stand nun an der Tafel, betrachtete die Kurrentschrift und hätte nur raten können, was es bedeutet, und meinte: »Vielleicht Rechnen?«

»Gut, also schreib: siebenunddreißig weniger dreizehn, gib neun dazu, weniger zwei, was kommt da heraus?«

Die Kinder versuchten durch Zuhilfenahme ihrer Finger dem Ergebnis auf die Spur zu kommen. Doch Lucas antwortete blitzartig, bevor er mit dem Schreiben fertig war: »Einunddreißig.«

»Sehr gut, Lucas, alle Achtung!«, und zu Fritz gewandt: »Stimmt das, Fritz?«

Fritz erschrak: »Was?«

»Ja, Fritz, zum Lernen zu faul, aber ständig auf die Anna losgehen, das kannst du.« Dann wandte sich Gruber an Albert: »Und für dich gilt dasselbe!«

Es klopfte an die Klassentür und Josef Mohr steckte den Kopf herein: »Grüß euch, Kinder!«

»Grüß Gott, Herr Hilfspfarrer«, riefen die Kinder im Chor.

Mohr zu Gruber: »Kann ich kurz mit dir reden, Franz?«

Gruber daraufhin zu den Kindern: »Ich bin gleich wieder da. Macht's mir aber keinen Unsinn derweil!« Mohr und Gruber verließen das Klassenzimmer und Lucas dachte: Was gäbe ich, um dieses Gespräch mitzuhören …

Im Flur vor dem Klassenzimmer redete Mohr eindringlich auf Gruber ein: »Franz, das mit dem Martin Pilenta, der kleinen Anna und der Kathi, das kann nicht mehr so weitergehen. Der Höll wird immer gefährlicher, sogar für Leib und Leben beim Martin … Wir müssen was tun.«

Gruber: »Ja, hab auch schon gehört, dass sich da immer mehr zusammenbraut. Denkst du an was Bestimmtes?«

Mohr entschlossen: »Ich werde die zwei am Heiligen Abend zur Christmette verheiraten, dann weiß auf einen Schlag die ganze Gegend da Bescheid.«

Gruber sah seinen Freund fassungslos an: »Das meinst aber nicht ernst?«

»Doch, das meine ich ernst.«

Gruber schüttelte den Kopf: »Na dann Mahlzeit. Brauch nur an deinen Vorgesetzten, den Nöstler, denken und an den Richter – und der Höll erst!«

Mohr: »Auf genau die kommt's an! Die Gehässigkeiten da, nur weil einer einen anderen Glauben hat und weil der Höll so gierig ist, müssen jetzt ein End haben. Deswegen werden wir die Trauung besonders feierlich gestalten, dass sie den Leuten in Erinnerung bleibt ...«

»Wieso wir?«

»Dass der Organist in Oberndorf ausg'fallen ist und du nach wie vor einspringen musst ... Irgendwie hab ich das Gefühl, das ist ein Zeichen«, sagte Mohr und deutete nach oben zum Himmel.

Gruber kam ziemlich nachdenklich zurück in die Klasse, verstand es aber schnell, sich zu konzentrieren und den weiteren Unterricht so zu gestalten, dass auch der Dümmste mitkam und sich der Kluge trotzdem nicht gelangweilt hat. Damals und mancherorts auch noch heute waren in kleinen Gemeinden alle Schulstufen in einer Klasse versammelt und in sogenannte Abteilungen gegliedert. Es war also keine leichte Aufgabe für einen gewissenhaften Lehrer, wie Gruber einer war, auf das unterschiedliche Bildungsniveau der 6-Jährigen bis zu den 16-Jährigen, wie zum Beispiel Fritz, Rücksicht zu nehmen.

Wäre er in Gedanken nicht immer wieder bei seiner Flöte gewesen, hätte Lucas diesen Tag als etwas ganz Besonderes loben können. Wer hatte schon die Möglichkeit, längst nicht mehr auf dieser Erde wandelnde Berühmtheiten persönlich und leibhaftig kennen zu lernen?

***

Doch schon als Anna und Lucas von der Schule nach Hause kamen, kündigte sich die nächste Gemeinheit an. Die Haustür stand weit offen und vor dem Haus wanderte Soldat Rubenzucker auf und ab. Das Gewehr hatte er geschultert und einen bedeutenden Gesichtsausdruck aufgesetzt – jedenfalls dachte er, dass es ein solcher wäre, das Kinn vorgeschoben, den Mund gespitzt. Dümmer konnte man kaum noch dreinschauen. Und zur völligen Irritation der beiden Kinder konnten sie durch die Fenster sehen, wie zwei weitere Soldaten das Haus durchsuchten. Von Annas Mutter, Kathi, war nichts zu sehen.

Entsetzt wollten die beiden Kinder ins Haus, doch Rubenzucker verstellte ihnen den Weg: »Nix da. Da darf keiner mehr hinein. Befehl vom Richter.«

Darauf Anna aufgeregt: »Ich gehör aber da her und will zu meiner Mutter!«

»Deine Mutter ist nicht da, die ist im Gefängnis«, war die grobe Antwort. Lucas und Anna waren sprachlos. Rubenzucker ungerührt: »Irgendwelche Verwandte wirst ja haben, zu denen du gehen kannst. Da jedenfalls darf keiner mehr rein.«

Anna schossen die Tränen in die Augen: »Wir haben aber keine Verwandten!« Und diesmal war auch Lucas ratlos.

***

Josef Mohr hatte erfahren, dass der auch für Oberndorf zuständige Bezirksrichter aus Weitwörth angereist war, und diesem stand er jetzt im improvisierten Verhandlungssaal im Gemeindeamt äußerst aufgebracht gegenüber. Richter Tantinger war ein älterer, unsicher wirkenden Mann, dessen Augen ständig ängstlich umherwanderten. Er konnte Mohrs Blick keine Sekunde lang standhalten, benahm sich überhaupt wie ein in die Enge getriebenes Tier. – Aber Mohr wusste: Angst macht diesen Mann gefährlich, trotzdem polterte er: »Er kann erklären, was er will, es ist und bleibt eine bodenlose Sauerei, was ihr mit der Kathi und dem Martin aufführts!«

Richter Tantinger versuchte sich zu verteidigen: »Ich kann da nix machen, so ist das Gesetz, lieber Herr Koadjutor!«

»Das Gesetz? Meint er das Gesetz vom Höll?«, entfuhr es Mohr. »Mein Gott, sogar der Richter aus Weitwörth hat die Hosen voll, wenn dieser Halsabschneider von da drüben nur mit der Wimper zuckt.«

Richter Tantinger versuchte ziemlich hilflos seine Autorität zu bewahren und hob seine Stimme, die trotzdem eher ein Gekrächze war: »Aufpassen, Hilfspfarrer, ja!? Auch Geistliche dürfen das Gericht nicht beleidigen!« und wurde dann noch lauter, »und schon gar nicht ein Subalterner! Weiß sein Vorgesetzter, der Pfarrer Nöstler, was er für ein Unruhestifter ist?!« Tantinger hatte gehofft, mit dieser Drohung Mohr zum Schweigen gebracht zu haben, doch Mohr war nicht so leicht einzuschüchtern und antwortete ruhig: »Wenn hier im weiten Umkreis jemand Unruhe stiftet, dann sind es all jene, die im heimlichen Soldbuch vom Höll stehen!«

Lange sah Mohr den Richter fest an, dieser wusste darauf nichts zu sagen, wurde bleich und blieb es auch, nachdem Mohr den Verhandlungsraum, die Tür laut hinter sich zuschlagend, verlassen hatte.

Anna mit verweinten Augen und Lucas mit entschlossenem Schritt näherten sich eilig dem Gemeindeamt. Sie wollten zu Annas Mutter, um zu erfahren, was denn schon wieder passiert sei. Doch Gendarm Siebinger, der davor Wache stand, verwehrte den Kindern den Zutritt, indem er sie an ihren Kleidern packte und streng sagte:

»Nix da, ihr zwei, ihr könnts da nicht rein, der Richter ist da und die Kathi wird gleich von ihm verhört und das kann bis übermorgen dauern.«

Doch Josef Mohr, der gerade – zornig auf das, was sich zurzeit in dieser Gemeinde abspielte – ins Freie trat und mitbekam, wie Siebinger ohne jegliches Mitgefühl mit den Kindern umsprang, trat auf ihn zu und forderte ihn mit zornbebender Stimme auf, die Kinder augenblicklich loszulassen, und fügte hinzu, wie abscheulich er es finde, wer aller hier, auf dieser Seite der Salzach, im Sold von diesem Höll aus Laufen stehe. Daraufhin ließ Siebinger die Kinder sofort los und schaute Mohr verwundert an – so als hätte man ihn gerade eben als Bestechungsgeldempfänger ertappt.

»Du bist eine von diesen windigen Figuren, stimmt's?«, setzte Josef Mohr mit ungebremster Wut fort, »ich seh's dir an der Nasenspitze an. Und wehe du rührst die Kinder noch ein einziges Mal an, du ...« Den nicht sehr schmeichelhaften Namen, den er ihm geben wollte, behielt er dann doch für sich und sagte nur noch: »Kapiert?«

Siebinger war daraufhin derart verdattert, dass er eifrig nickte und fast unterwürfig zusah, wie Mohr die Kinder zum Aufsitzen aufforderte, dann selber auf den Kutschbock seines Einspänners stieg, mit der Peitsche schnalzte – ohne das Pferd dabei zu berühren – und los ging die Fahrt, hinaus aus Oberndorf.

Siebinger sah dem Gespann hinterher und murmelte: »Na Mahlzeit, der is' ja direkt zum Fürchten ...«

***

Der Abend des 21. Dezember 1818 senkte sich über das Land nördlich der Stadt Salzburg, als Mohrs Gespann vor der Arnsdorfer Schule ankam. Der Hilfspfarrer sprang vom Kutschbock, forderte die Kinder auf zu warten, klopfte an die Haustür, eilte ins Haus und die Stufen zur Gruber-Wohnung hinauf. Elisabeth Gruber, die gutmütige Frau des Lehrers, kam ihm schon entgegen.

»Grüß dich, Liesl«, sagte Mohr, »verzeih, dass ich bei euch so reinstürm, aber der Pilenta Martin ist auf der Flucht, die Kathi Kerschbaumer haben's eing'sperrt, die Kinder dürfen nicht nach Haus und wissen jetzt nicht, wohin. Meinen Pfarrer brauch ich gar nicht erst fragen, deswegen bin ich zu euch. Tätet ihr die Kinder aufnehmen, bis alles wieder im Lot ist?« Die Frage hätte er nicht stellen müssen, denn Elisabeth hatte längst verstanden, worum es ging.

Während Josef Mohr wieder auf dem Heimweg war, standen Lucas und Anna unsicher in der schlicht eingerichteten Stube der Grubers mit Kachelofen, Ofenbank, Tisch, Stühlen, Spinnrad, einem einfachen Kreuz in einer Ecke, an den Wänden eine Pendeluhr und zwei Ahnenbilder. Ein bestimmter Stil der Einrichtung oder des Gebäudes war nicht zu erkennen – wie kaum irgendwo in dieser ländlichen Gegend. Stile wurden immer von der jeweilige Mode bestimmt und »Modisches« konnten sich damals immer nur der Adel, das reiche Bürgertum oder die Kirche leisten.

Was sich aber noch in der gepflegt sauberen Stube befand und Lucas' Augenmerk besonders auf sich zog, war ein Klavichord, ein klavierähnliches Instrument, dessen Klang ebenfalls durch Metallsaiten erzeugt wird, allerdings nur zweieinhalb Oktaven umfasst. Ehrfürchtig betrachtete Lucas dieses schöne Instrument. Nur er wusste – zu diesem Zeitpunkt nicht einmal der Komponist Franz Xaver Gruber selbst –, dass hier demnächst das weltberühmte Lied *Stille Nacht, heilige Nacht* entstehen würde – wenn stimmt, was die Historiker glauben herausgefunden zu haben.

Normalerweise nahm das Ehepaar Gruber seine Mahlzeiten in der kleinen Rauchküche zu sich *(welche heute noch so existiert)* – nun aber, da Lucas und Anna bei ihnen untergebracht waren, saßen sie in der Stube beim Abendessen und löffelten Milchsuppe mit eingeweichtem Brot aus einer Schüssel in Tischmitte, wie es damals – bis weit hinein ins 20. Jahrhundert – zumindest bei vielen Kleinbauern üblich war. Die Löffel der Kinder waren kleiner als die der Erwachsenen, was darauf schließen ließ, dass an diesem Tisch einmal Kinder gesessen waren oder sitzen sollten. Wie Lucas durch genaues Studieren aller Informationen über das *Stille-Nacht-Lied* wusste, hatte Franz Xaver Gruber zusammen mit seiner Frau Elisabeth zwei Kinder, die aber beide im Kindesalter verstorben waren. Und es war ihm auch bekannt – und das machte ihn traurig –, dass Elisabeth, mit der er jetzt zusammen am Tisch saß, im Jahr 1825 sterben würde. Lehrer Gruber wird dann seine ehemalige Schülerin Maria zur Frau nehmen und mit ihr gemeinsam weitere zehn Kinder bekommen. Allerdings werden auch von diesen nur vier das Erwachsenenalter erreichen. Das Wissen, welches sich Lucas über das Internet und durch Bücher angeeignet hatte, entpuppte sich in diesem Fall als ein Nachteil seiner Zeitreise, das wurde Lucas schlagartig bewusst; es trübte die Stimmung – helfen aber konnte es ihm in keiner Weise. Gott sei Dank hatte er wenigstens keine Ahnung, was Anna alles bevorstand; ausschließlich Gutes, hoffte er – und dass er vielleicht ein Teilchen dazu beitragen konnte.

Lucas erschrak – besser gesagt, er konnte es gerade noch verbergen –, denn plötzlich saß Dreizehn ihm gegenüber auf der Ofenbank und sagte, so als ob sie seine Gedanken gelesen hätte: »Merkst du, worauf du alles achten musst? Wenn du dich nämlich verplappern solltest und auch nur eine einzige Silbe deines Wissens jemandem hier verrätst, sitzen wir beide voll in der Sch…, voll im Dreck – wobei, was soll's: Das Wort Scheiße ist ja auch im Duden zu finden. Alles klar, mein Freund? Nicht antworten jetzt! Bitte! Ja? Ich bin nämlich gar nicht da. Außerdem ist jetzt der Lehrer dran.«

Und tatsächlich: Gruber ergriff nun das Wort, nachdem bisher schweigend gegessen wurde und man nur das Löffelgeklapper und die Pendeluhr gehört hatte: »Vor diesem Höll ducken sie alle. Aber so sind sie, die Leut. Angst und Geld regieren halt die Welt. Wir Kleinen sind da machtlos – aber vielleicht nicht immer und auch nicht bei allem …«

Lucas wurde neugierig: »Nicht immer? Wie meint Ihr das, Herr Lehrer?«

»Das sag ich lieber noch nicht. Unser neuer Hilfspfarrer jedenfalls ist ein Pfundskerl, so viel darf ich verraten. – So, und ich muss jetzt ein bisserl üben für die Metten in Oberndorf und ihr zwei geht's dann schlafen.« Damit stand er auf, setzte sich ans Klavichord, machte ein paar Fingerübungen und spielte *Es ist ein Ros entsprungen.*

Die Kinder halfen inzwischen Elisabeth beim Geschirrabräumen. Gruber unterbrach plötzlich sein Spiel, denn er konnte Annas Blicke zu Lucas sehr gut deuten und meinte: »Lucas, du schlafst da auf der Ofenbank, und 's Annerl in der Kammer, wo unsere Kinder früher g'schlafen haben. In eurem Alter muss man schon ein bisserl aufpassen auf bestimmte Regungen … Also dann, Anna, gute Nacht!«

Er zwinkerte den beiden zu, Annas hübsches Gesicht wurde daraufhin wieder ein wenig rot – und damit man es nicht merkte, sagte sie schnell: »Gute Nacht, Herr Lehrer, gute Nacht, Lucas!«, und eilte hinaus.

Lucas rief hinterher: »Gute Nacht!«, und meinte noch tröstend, »und denk nicht zu viel nach, es wird sicher alles wieder gut.« Anna öffnete noch einmal kurz die Tür, nickte ihm dankbar zu und ließ sich von Elisabeth ihre Schlafkammer zeigen. Anschließend erhielt auch Lucas von Elisabeth Polster und Decken und dann ging auch sie zu Bett.

Lucas machte es sich auf der Ofenbank bequem und lauschte gebannt Grubers Spiel auf dem antiken Instrument, in der Hoffnung, vielleicht jetzt schon ein paar Töne von *Stille Nacht* zu erhaschen.

Und plötzlich erschien wieder die Schutzfee Dreizehn – beschwingt und Mut machend mit einem fröhlichen Lächeln im Gesicht – und sofort plapperte sie drauflos: »Heia heißa hopsassa, der Lucas hat null Ideen! Deswegen ist jetzt die liebe Dreizehn wieder da – für einen Tritt in den A… Das hätte mir schon früher einfallen sollen – mein Hirn ist aber auch nicht mehr das jüngste. Aber eine bescheidene Frage, mein Freund: Glaubst du nicht, dass du weniger auf ein paar Töne von *Stille Nacht* hoffen solltest, als dich darum zu kümmern, wie du wieder an deine Flöte kommst, verdammt nochmal? Ein Tipp für den morgigen Tag: Wer was unternimmt, dem hilft oft der Zufall. Gute Nacht! Und träum süß! Vielleicht von mir oder von der kleinen süßen Anna ...«

Bevor Lucas reagieren konnte – was er ohnehin in Grubers Anwesenheit vermeiden musste –, war Dreizehn, ein aufmunterndes Augenzwinkern hinterlassend, wieder verschwunden.

Ein wenig später war alles dunkel im Schulhaus und ruhig in Lucas' Stube. Auch Lehrer Gruber war nun im Bett, müde vom langen Tagwerk. Schullehrer, Organist in Arnsdorf und auch – weil jener in Oberndorf ausgefallen war – in der dortigen Sankt-Nicola-Kirche, dazu die sonntägliche Fahrt dorthin und zurück, das machte schon müde. Trotzdem liebte Gruber das Komponieren, noch mehr aber seine etwas ältere Frau. Die Unkenrufe einiger in der Gemeinde, er habe die Witwe Elisabeth nur geheiratet, um die Lehrerstelle ihres verstorbenen Mannes zu bekommen und sich in ein »vorgewärmtes« Nest zu setzen, konnten weder ihm noch Elisabeth etwas anhaben. Aber dadurch hatte er noch mehr Verständnis für andere, die ebenfalls dem Spott solcher Dummköpfe ausgeliefert waren. Franz Xaver und Elisabeth lernten sich schnell mögen und lieben – und der frühe Tod ihrer beiden einzigen Kinder hatte sie noch mehr zusammengeschweißt.

Lucas konnte nicht einschlafen – zu viel war in kurzer Zeit passiert, so dass es drunter und drüber ging in seinem jungen Kopf. Die Gedanken wanderten hin und her und auch zu seinen Eltern. Er war nicht ganz sicher, ob stimmte, dass zu Hause keine Zeit verging, während er von dort weg war. Vielleicht suchten ihn seine Eltern schon? Doch wenn der weise Alachim es so sagte und auch seine lustig-verrückte Aufpasserin – wieso sollten die ihn anlügen? Noch mehr Sorgen hätten seine Eltern nämlich ganz sicher nicht brauchen können. Seine Gedanken beruhigten sich langsam, seine Glieder wurden schwer, seine Augenlider fielen zu – er war dabei einzuschlafen. Durch das leise Knarren der Tür war er aber sofort wieder hellwach. Eine zierliche Gestalt schlüpfte zu ihm herein: Anna. Sie fragte flüsternd: »Bist eh noch munter?«

»Ja, bin ich wieder, wieso?«

»Darf ich mich zu dir legen?«

Ohne seine Antwort abzuwarten, begab sie sich auf das freie Stück der Ofenbank, so dass sie Kopf an Kopf zu liegen kamen. Und damit Lucas nicht auf »falsche Gedanken« kommen sollte – besser gesagt, weil Anna nicht zugeben wollte, dass es die »richtigen Gedanken« waren, betonte sie: »Glaub aber ja nicht, ich komm zu dir, weil ich gewisse Regungen hab, wie der Herr Lehrer zuerst gesagt hat.«

Lucas lächelte in sich hinein, als er antwortete: »Glaub ich eh nicht – ich hab ja auch keine.«

Anna, enttäuscht: »Nein?«

Lucas: »Wenn es nicht um Regungen geht, um was geht es dann?«

»Kannst du schwören? Bei deinem Leben? Stimmt das wirklich, dass du aus der Zukunft kommst?«, fragte sie unsicher.

»Bei meinem und bei deinem Leben.«

»Gut, dann frag ich jetzt nichts mehr. Gute Nacht, Lucas.«

»Gute Nacht, Anna.«

Anna machte es sich nun auch bequem auf ihrer Seite der Ofenbank. Sie legte ihren Kopf auf ihren linken Oberarm und berührte dabei Lucas' Hand. Er zog sie nicht weg. Anna ihre auch nicht. Dann teilte er noch sein Kopfkissen mit ihr ...

Am nächsten Morgen erlaubte das Ehepaar Gruber, dass die Kinder aufbrachen, um in Oberndorf herauszufinden, ob es vielleicht inzwischen eine gute Wendung gäbe, vielleicht sei Kathi wieder frei oder der Pferdediebstahl aufgeklärt.

Mit diesen Gedanken, ausgerüstet mit Butterbroten und Äpfeln als Proviant, machten sich Lucas und Anna auf den Weg nach Oberndorf. In der Morgendämmerung durchwanderten sie einen pittoresken, winterlichen Wald – der Mond hatte den Himmel noch nicht verlassen, obwohl es schon langsam hell wurde. Die beiden waren voller Hoffnung.

Anna meinte plötzlich: »Wenn sie die Mama noch immer eing'sperrt haben, könnten wir nach Laufen gehen zum Höll? Vielleicht tut es ihm ja doch leid, was er angerichtet hat, könnte doch sein, oder? Mein Vater hat einmal gesagt, so wie kein Mensch auf unserer Welt nur gut ist, ist auch keiner nur schlecht.«

Ausnahmen bestätigen die Regel, dachte Lucas, sagte es aber nicht, um Anna nicht zu enttäuschen, und meinte, dass man es ja versuchen könne ...

***

Laufen – die Stadt gegenüber Oberndorf auf der anderen Seite der Salzach hatte – wie erwähnt – vor zwei Jahren noch mit Oberndorf zusammengehört. Auf dem Wiener Kongress hatten die Großmächte Preußen, Russland, das von Napoleon befreite Frankreich, England und Österreich in den Jahren 1814 und 1815 Europa neu aufgeteilt und zum Teil wurden auch die alten Grenzen wiederhergestellt. Im Zuge dessen wurde das Erzbistum Salzburg ein Teil des habsburgischen Kaiserreichs Österreich und die Stadt Laufen wurde im Jahre 1816 durch den Vertrag von München vom damaligen Vorort Oberndorf getrennt und kam zum Königreich Bayern.

Der Mond war jetzt vom Himmel verschwunden und hatte den ersten Strahlen der Morgensonne Platz gemacht. Die beiden Kinder näherten sich der Salzach und Anna erklärte, dass die Brücke nach Laufen mitten in der Stadt sei und die Grenzposten sie vielleicht nicht hinüberlassen würden. Man könne aber versuchen, unbemerkt mit einer Zille überzusetzen …

Plötzlich blieb Lucas abrupt stehen und flüsterte aufgeregt: »Aber die Grenzposten haben einen herübergelassen!«

Und jetzt sah ihn auch Anna: Napoleon, Hölls Hund, die Flöte Arragoz im Maul. Gemächlich spazierte das Ungetüm am Ufer entlang! Dann hielt das riesige Vieh sogar inne, starrte Lucas und Anna neugierig an. Hatte es Lucas erkannt? Napoleon wedelte mit dem Schwanz. Das war doch ein Zeichen, dass er sich freute, dachte Lucas. Oder war es, wie schon einmal, nur die Vorfreude auf sein geliebtes Fangenspielen? Und was er jetzt tat, konnte Lucas nicht glauben: Napoleon legte vorsichtig die Flöte auf einen Baumstumpf und lief die Böschung hinunter zum Fluss, um Wasser zu trinken. Das war Lucas' Gelegenheit! So schnell und leise er konnte, stapfte er mit riesigen Schritten durch den tiefen Schnee zur Flöte. Und als er schon glaubte, sie an sich nehmen zu können, war Napoleon zurück – und eine Sekunde später hatte der Hund Arragoz wieder im Maul, legte den Kopf schief und schaute Lucas freundlich an. Lucas überlegte fieberhaft, was er jetzt tun sollte. Er musste die Flöte wiederhaben! So eine Gelegenheit kam vielleicht nie wieder. Er und Anna allein mit dem Hund und weit und breit kein Höll!

Er flüsterte Anna zu: »Nicht bewegen! Ja?«

Anna hauchte: »Ja.«

»Ich pirsch mich jetzt an ihn ran, okay?«

»Was?«

»Ich pirsch mich jetzt an ihn ran, okay?«

»Was ist oh kehi?«

»Was?«

»Was oh kehi bedeutet.«

»Alles in Ordnung.«

»Was ist in Ordnung?«

»Okay heißt so viel wie alles in Ordnung, oder: Ich hab verstanden, okay?«

»Okay.«

»Rühr dich jetzt nicht von der Stelle!«

»Okay.«

Lucas machte ganz vorsichtig einen Schritt auf Napoleon zu. Napoleon blieb sitzen, das machte Lucas Hoffnung: »Braves Hundi, sehr brav, ganz brav, ich will nur das Flöti.«

Es folgte der nächste Schritt auf ihn zu. Napoleon hatte gute Nerven – er rührte sich immer noch nicht von der Stelle. Erst nach Lucas' nächstem Schritt. Nicht dass er weglief, nein, er machte immer nur einen ähnlich großen Schritt rückwärts wie Lucas vorwärts. Lucas verzweifelte, wurde wütend: »Sag, spinnst du, du blödes Vieh?! Du kannst doch mit der Flöte eh nichts anfangen!«

Lucas verlor nun die Geduld, machte zur Überraschung Napoleons blitzschnell mehrere Schritte auf ihn zu, erreichte mit seiner Rechten fast schon die Flöte – doch nun spurtete der Hund los und blieb in sicherer Entfernung stehen; dabei wedelte er heftig mit seinem riesigen Schwanz. Offensichtlich wollte er Lucas auffordern, mit ihm fangen zu spielen.

Jetzt meldete sich Anna zu Wort: »Vielleicht können wir tauschen?«

Lucas verstand nicht, was sie meinte. Anna brach darauf einen morschen Ast vom Baum neben ihr, zeigte ihn Napoleon und rief: »Da, Napoleon, das ist ein viel schöneres Holzi als das, was du jetzt hast!« Sie spuckte dreimal auf den Ast, rief: »Los, fang!« und warf den Ast so weit weg, wie sie nur konnte. Und tatsächlich: Napoleon ließ die Flöte fallen und hüpfte, wegen des tiefen Schnees in weiten, hohen Sprüngen, wie ein Springbock, zum Ast. Und kaum war Napoleon losgelaufen, spurtete auch schon Anna, mit ähnlichen Sprüngen, zur Flöte, ergriff sie und lief schnell zu Lucas zurück. Nachdem sie ihrem jetzt ziemlich verblüfften neuen Freund die Flöte überreicht hatte, bekam sie spontan einen Kuss und hörte Lucas sagen: »Anna, du bist ein richtiger Schatz.«

Annas ohnehin rosiges Gesicht wurde daraufhin knallrot und der Nachklang dieses emotionalen Ereignisses – es war der erste Kuss ihres Lebens – ließ es nicht zu, zu bemerken, wie Napoleon mit dem Ast im Maul zurückkam und ihn ihr vor die Füße legte, um sie um einen neuerlichen Wurf zu bitten. Diesen Wunsch erfüllte ihm nun Lucas und warf den Ast auf einen vorbeiziehenden Heuwagen, welchem Napoleon freudig hinterherhoppelte.

Lucas betrachtete erleichtert seine Flöte, drehte und wendete sie und konnte feststellen, dass sie nahezu unversehrt war – bis auf einige kleine Kratzer. Dann schaute er Anna an und war hin und weg, wie sie da stand mit ihren geröteten Wangen und ihn verträumt mit ihren großen tiefblauen Augen ansah. Er konnte nicht anders als sie zu umarmen. Daraufhin war sie so verwirrt, dass sein »Anna, du bist ... Ich kann gar nicht sagen, was du bist ... Einfach der Wahnsinn« wie aus weiter Ferne an ihre schön geformten, kleinen Ohren drang. Als er sie dann losließ, wollte sie reflexartig ihre Lippen abwischen, welche Lucas vorhin mit den seinen berührt hatte, unterbrach die Armbewegung aber sofort – denn dieser Kuss musste bewahrt werden. Wer weiß schon, wann sie wieder einen kriegt. Und gesehen hatte ihn, dem Himmel sei Dank, auch niemand, auch nicht der Knecht auf dem vorbeiziehenden Heuwagen. Und wenn davon keiner erfährt, musste sie sich dafür auch nicht genieren.

Mit Schnee wischte Lucas die Flöte Arragoz sauber und rieb sie mit seiner Jacke trocken. Dann setzte er sie an die Lippen und spielte fehlerlos die Tonleiter rauf und runter. »Gott sei Dank, funktioniert wunderbar!«, meinte er erleichtert.

Anna hatte sich von ihrem emotionalen Taumel inzwischen halbwegs erholt und meinte etwas enttäuscht: »Wenn du darauf spielst, fliegst du weg, hast du gesagt. Du bist aber immer noch da!«

»Anna, alles, was ich von der Flöte verlange, muss ich mir gut überlegen, sonst zaubert sie nicht mehr. Nur darauf spielen allein ist zu wenig. Willst du jetzt zum Höll oder willst du zum Beispiel wissen, wie es deinem Vater geht?«

Anna sofort: »Ist doch logisch! Wie es meinem Vater geht, geht das?«

»Hat dein Vater ein Lieblingslied?«

Anna dachte nach: *Komm, lieber Mai, und mache* – das mag er sehr gern, glaub ich, wieso?«

»Das hat Wolfgang Amadeus Mozart komponiert; schönes Lied. Komm, wir versuchen's: »Halte dich an mir fest und bleib ganz ruhig, ja? Egal was passiert, du musst dich nicht fürchten, auch nicht aufregen, okay?«

Anna wurde etwas mulmig zumute, hielt sich an Lucas fest, schaute ihm teils neugierig, teils ängstlich zu.

Lucas dann: »Okay?«

Anna: »Okay.«

Lucas sagte dann Arragoz, atmete tief durch und spielte *Komm, lieber Mai, und mache.* Sofort kam starker Wind auf, begleitet von diesem überirdischen Ton. Annas Haare standen zu Berge, Angst stieg in ihr auf – sie schloss die Augen … Ein Lichtstrahl fuhr in den Himmel, ein Blitz und Anna und Lucas waren verschwunden. Dies musste auch Napoleon zu seinem Leidwesen feststellen, der soeben mit dem riesigen Ast im Maul zu den beiden zurückgekommen war, um weiterzuspielen, und sich jetzt verwirrt umsah.

Schneebedeckt und besonders still lag sie da, die Stadt Salzburg, Sitz eines mächtigen Fürsterzbischofs, als plötzlich ein Lichtstrahl quer über den Himmel zog und sich rasend schnell einem schönen Barockhaus im Zentrum der Stadt näherte.

Leopold Mozart saß im Musikzimmer seines Hauses in der Getreidegasse 9 – etwas abseits vom Geschehen – und achtete darauf, dass alles so ablief, wie er es sich wünschte. Man schrieb den Januar 1763, da war er 44 Jahre alt, er wirkte jedoch älter, wie die meisten Menschen in dieser Zeit. Er schaute aber recht zufrieden drein. Gegen seinen Brotherrn, Fürsterzbischof Sigismund III.

Graf Schrattenbach, konnte er nichts einwenden – im Gegenteil! Der Erzbischof hatte nicht nur so gut wie alle Reisewünsche der Familie Mozart, zum Beispiel nach München, Mannheim, Brüssel, Paris, zur Kaiserin Maria Theresia nach Wien oder in andere wichtige Städte, gestattet, er hatte sie sogar finanziert und war auch sonst sehr großzügig zu ihr. Der Umgang der Familie Mozarts miteinander war sehr harmonisch und der Sohn, der siebenjährige Wolfgang Amadeus, hatte sogar schon erste eigene Kompositionen öffentlich aufführen dürfen.

Neben Leopold Mozart saß seine Frau, Anna Maria, und reichte ihrem Gatten heißen Brennnesseltee. Die zwölfjährige Tochter, Maria Anna, Nannerl genannt, hatte eine Violine in den Händen, spielte aber nicht darauf; viel lieber schaute sie aus dem Fenster und zählte die vorbeifahrenden Kutschen, Droschken und Pferdefuhrwerke. Wolfgang Amadé, Wolferl genannt, saß am Spinett und hatte noch nicht begriffen, wie auch später nicht, dass er eines der größten Musikgenies aller Zeiten zu werden im Begriffe war. Alle vier trugen standesgemäß Rokokokostüme und auch die lästigen, stets juckenden Perücken. Man war schließlich nicht unter sich, denn auf einer Staffelei stand das halbfertige, inzwischen berühmte Jugendbildnis vom kleinen Wolferl, welches der aus Italien stammende Maler und Kammerdiener des Fürsterzbischofs Pietro Antonio Lorenzoni grade dabei war zu malen. Dem kleinen Wolfgang gelang es natürlich nicht, still zu sitzen, und das schon gar nicht, wenn er ein Instrument vor sich hatte. Es juckte ihn gewaltig, eine Melodie, die soeben in seinem Kopf entstanden war, hörbar nachzuempfinden. Er konnte es also nicht lassen, diese Melodie in die Tasten des Spinetts zu klopfen – den Beginn des Liedes *Komm, lieber Mai, und mache die Bäume wieder frei*.

Sein Vater erhob mahnend die Stimme: »Das ist eine schöne Melodie, Wolferl, aber die hebst du dir für später auf. Wenn man gemalt wird, muss man stillhalten.« Und im selben Augenblick fegte ein heftiger Windstoß die Perücken von Vater Mozart und Lorenzoni quer durch den Raum. Wolfgang, seine Mutter und Nannerl konnten ihre Perücken gerade noch festhalten. Ein Lichtblitz folgte – und plötzlich standen Lucas und Anna mitten im Zimmer und schauten verwirrt umher.

Lorenzoni und die Mitglieder der Familie Mozart starrten die fremden Ankömmlinge an wie … Dafür hatten sie noch keinen brauchbaren Vergleich. Lucas und Anna ging es aber um kein Haar besser.

Anna sprach als Erste: »Um Gottes willen, was ist denn jetzt passiert?«

Daraufhin Lucas: »Wir haben uns verflogen.«

»Was sagst?«

»Bin ich blöd oder was? Ich hab vergessen, den Namen deines Vaters zu sagen – und vielleicht war's auch das falsche Lied?«

»*Die Gedanken sind frei*, fallt mir ein, mag er eigentlich noch lieber, glaub ich …«

Lorenzoni erwachte als Nächster aus der Erstarrung und stieß hysterische Schreie aus. Aufgeregt rannte er umher und rief: »Geister! Geister!«, fiel dann auf die Knie und faltete die Hände zum Gebet: »Lieber Herrgott, ich flehe dich an, sogleich lass ich ab vom Teufelszeug aller geistigen Getränke, wenn du nur diese Geister wieder verschwinden lässt!«

Lucas und Anna und auch die Familie Mozart schauten dem Maler bei seinem Veitstanz verwirrt zu, bis Wolferl, dessen Neugier die Furcht verdrängte, sich zu Wort meldete: »Darf ich fragen, wer ihr seid?«

»Das ist die Anna Kerschbaumer und ich bin der Lucas Schratt«, beeilte sich Lucas zu sagen, »und Ihr, ich meine, du bist der Wolfgang Amadeus Mozart, stimmt's?«

»Mit Verlaub, ja. Woher kennst du mich?«

Lucas: »Woher ich dich kenne, darf ich nicht sagen«, dabei hob er die Perücken auf und reichte Leopold Mozart die seine. Dieser wich zuerst zurück, nahm sie dann aber doch und setzte sie schnell auf. »Und ihr seid Leopold Mozart, Wolfgangs Vater?«

Leopold nickte.

Lucas betrachtete nun auch Leopolds Frau und das zwölf Jahre alte Rokokomädchen und wandte sich zuerst höflich an Mozarts Mutter: »Ihr seid die Mutter, Anna Maria Mozart, und du bist das Nannerl?«

Beide nickten.

Lorenzoni schrie erschrocken auf, als Lucas auch ihm die Perücke geben wollte und ihn fragte: »Und Ihr, wer seid Ihr?«

Lorenzoni wollte nicht antworten, versteckte sich stattdessen hinter einem Vorhang. Dafür erklärte der kleine Wolferl, wer der Mann war: »Das ist Meister Lorenzoni, der Kammerdiener des Fürsterzbischofs.«

Nannerl wagte hinzuzufügen: »Und Bildnismaler, mit Verlaub.«

Wolfgang dann: »Seid ihr Geister?«

Lucas trat daraufhin auf ihn zu und flüsterte: »Ich weiß, es ist schwer zu verstehen, aber wir kommen aus der Zukunft.«

Lorenzoni rief hinter dem Vorhang hervor: »Sprich nicht mit ihm, Amadeus, das ist ein Hexer!« Dabei bekreuzigte er sich.

Mozart ignorierte Lorenzoni und hatte weiter keine Angst: »Wie geht das? Aus der Zukunft zu uns hierher?«

Lucas zeigte ihm die Flöte: »Wir reisen, wohin wir wollen. Ich muss es nur dieser Flöte sagen.«

»Dann ist das eine Zauberflöte?«, fragte Wolfgang Amadé erstaunt.

»So könnte man sie nennen, ja.«

»Darf ich sehen, wie das geht, darf ich sie spielen?«

Und plötzlich stand Dreizehn neben Lucas: »Los,

schnell weg von hier! Merkst du nicht, dass alle außer dem Wolferl völlig aus dem Häuschen sind?«

Daraufhin Lucas zu Wolfgang: »Darauf spielen darf nur ich – tut mir leid«, dann eilte er zu Anna, die das Geschehen erstaunt verfolgt hatte, und flüsterte: »Schnell, halte dich an mir fest!« Wie in Trance folgte sie seiner Anweisung, worauf Lucas sich von der Familie Mozart verabschiedete: »Auf Wiedersehen, oder besser, lebt wohl! Es war mir eine Ehre.« Er verbeugte sich und flüsterte in die Flöte: »Arragoz. Martin Pilenta, Oberndorf 22. Dezember 1818« und spielte den Anfang von *Die Gedanken sind frei*. Wind kam auf, es blitzte, der seltsame Ton folgte und weg waren sie. Und alles war wieder wie zuvor, im Musikzimmer des Barockhauses in der Salzburger Getreidegasse Nummer 9, anno 1763.

Lorenzoni kam langsam und vorsichtig aus der Deckung, bekreuzigte sich und sagte: »Hoffentlich kommen die nicht wieder!«

Amadeus war begeistert: »Habt Ihr das gesehen, Herr Vater. Die Flöte! Dieser Lucas kann sich mit seiner Flöte hin und her zaubern!«

Nannerl, inzwischen total fasziniert: »Schad, dass es schon vorbei ist.«

Und ihre Mutter erwiderte: »Kind, versündige dich nicht!«

Vater Leopold musste als Familienoberhaupt Ruhe und Vernunft bewahren: »Ihr hört mir jetzt alle ganz genau zu und passt genau auf, was ich euch jetzt sag: Es ist nichts geschehen! Überhaupt nichts, verstanden?! Wenn das nämlich jemand von euch ausplaudert, dann stecken sie uns ins Narrenhaus, so schnell können wir gar nicht schauen. Ihr wisst alle, der Lieblingsfeind vom Erzbischof ist der Aberglaube!« Alle nickten, aber das Leuchten in Amadeus' Augen wird lange nicht erlöschen ... und Jahre später wieder heftig aufstrahlen, wenn er von seinem Freund, dem Schauspieler Emanuel Schikaneder, ein Libretto mit dem Titel *Die Zauberflöte* erhalten wird ...

Der übliche Sturmwind mit anschließendem unwirklich hellen Lichtblitz – und Anna und Lucas fanden sich in Nähe eines Heustadels wieder. Anna wusste nicht, wie ihr geschehen war. Wieder standen ihre Haare senkrecht zu Berge, und nachdem sie halbwegs zur Besinnung gekommen war, meinte sie: »Das ist ja ... Was ist ... Was ist denn da jetzt passiert? Ich begreif das nicht ...«

Lucas darauf: »Ich begreife es ja auch nicht«, und dann eindringlich: »Trotzdem, Anna, was du jetzt erlebt hast, darf dein ganzes Leben lang nie jemand erfahren. Ich weiß nämlich nicht, was dann mit mir geschieht. Versprichst du mir das?«

»Gern«, war ihre Antwort, »bin ja nicht verrückt. Glauben tät mir das sowieso keiner, weiß ja selber noch nicht, ob es so ist, wie es ist, oder ob ich träum. Wo sind wir da eigentlich?«

»Du wolltest wissen, wo dein Vater ist, der müsste eigentlich jetzt da irgendwo sein, vielleicht im Heustadl da.

Anna ruft zaghaft: »Vater? Seid Ihr da irgendwo?«

»Anna, das ist zu leise«, meinte Lucas und rief nun selber mit lauter Stimme: »Martin, Anna und ich sind hier – alleine! Niemand weiß, dass wir da sind!«

Da raschelte es im Heustadel und Martin steckte seinen Kopf durch eine Luke: »Wie habt ihr mich denn gefunden?«

Anna, überrascht und voller Freude: »Vater?! Na Gott sei Dank! Das war der Lucas mit seiner Flö...«

Lucas unterbrach sofort: »Zufall, das war Zufall!«, dann leise und eindringlich zu Anna: »Anna, kein Wort von der Flöte, darüber hatten ...«

Anna unterbrach flüsternd: »Jaja, weiß ich doch, bin ja schon still. Herrschaftszeiten, bin ich eine blöde Gans!«

Martin kam nun, sich vorsichtig umblickend, zu ihnen. Ihm waren Bartstoppeln gewachsen, die Haare durcheinander, Ringe unter den Augen, die auf wenig Schlaf hindeuteten. Er zupfte sich das Heu aus seinen Kleidern, umarmte dann seine Anna und schüttelte Lucas die Hand. Die beiden Kinder überließen ihm ihren Proviant, den sie von Elisabeth Gruber mitbekommen hatten. Während er hungrig aß, meinte Lucas, dass ihn der Hilfspfarrer, Josef Mohr, sicher irgendwo unterbringen könne, wo er besser versorgt sei als hier. Man müsse nur warten, bis es finster sei.

***

Es war eine kalte, sternklare Nacht. Der Himmel glitzerte, als würden Millionen von Sternen mit dem Mond um die Wette strahlen, als Josef Mohr aus der Kirche Sankt Nicola trat. Er hatte sein Tagwerk erledigt, seinen abschließenden täglichen Rundgang in der Kirche gemacht, alle Kerzen gelöscht und war nun dabei, das große Tor zuzusperren. Die Weihnachtskrippe war ja schon aufgebaut und um die schönen großen Figuren wäre es schade gewesen. Man wusste ja nie, ob nicht irgendwelches Gesindel unterwegs war, um sich das eine oder andere anzueignen.

Gerade wollte Mohr den Hof zum Pfarrhaus überqueren, als jemand lautlos auf ihn zueilte. Mohr erschrak – entspannte sich aber sofort wieder, als er Lucas erkannte. Dieser fragte aufgeregt: »Ist die Luft rein?«

Mohr erstaunt: »Ja, der Lucas! Was? Die Luft rein? Welche Luft?«

Lucas wartete keine weitere Antwort ab und winkte nach hinten. Daraufhin kam Anna mit ihrem Vater aus dem Schatten des Pfarrhauses. Mohr war mehr als überrascht, als er Martin erkannte. Er begrüßte ihn freudig, war jedoch besorgt wegen seines nicht gerade guten Aussehens. Auf die Frage Annas, ob denn der Herr Hilfspfarrer ein Versteck für ihren Vater hätte, sah sich Mohr schnell um, zeigte dann hinauf zum Fenster seines Vorgesetzten und meinte, dass es nicht sehr leicht sein würde, ihn hier unterzubringen. Im Pfarrhaus ginge es ganz schlecht, wegen dem Pfarrer Nöstler, der würde sicher sofort Zeter und Mordio schreien, wenn er den Martin sieht. Und dessen neugieriger Köchin könne man auch nicht trauen. Es ginge also nur in der Kirche, da wäre es zwar saukalt, aber Hauptsache ein Dach über dem Kopf.

Er forderte Martin auf mitzukommen, schloss, so leise er konnte, das schwere Tor auf, erwähnte dass Nöstler normalerweise um diese Zeit schon schlafe, er ihn jedoch des Öfteren mitten in der Nacht herumgeistern gehört habe und dass es hier überall ziemlich hellhörig sei. Als er die Kirchentüre öffnete, um Martin hineinzulassen, gab es das für schwere Eichentüren typische, knarrende Geräusch. Alle erschraken und sahen sich sofort um, ob es jemand gehört hatte ... In die Stille hinein sagte Mohr dann leise: »Martin, oben hinter der Orgel, da schaut bestimmt keiner so schnell nach«, und auf die

Kinder zeigend setzte er fort, »ich bring die zwei jetzt schnell nach Arnsdorf und wenn ich zurückkomm, dir ein paar Decken und was zum Essen.«

Pfarrer Nöstler war noch wach und hatte das lästige Geräusch des Kirchentürflügels gehört, war zum Fenster getreten, um zu kontrollieren, ob sein »Sargnagel«, der ihm gar nicht sympathische Hilfspfarrer, seine Kirche auch gut zusperrt, und traute seinen Augen nicht, als er sah, was sich da unten vor dem Haupttor seiner Kirche abspielte. Er nickte vielsagend und überlegte …

Bei Kerzenlicht schrieb er dann eine Nachricht auf einen kleinen Zettel, rollte diesen zusammen, band ihn an den Fuß einer Brieftaube und ließ den Vogel hinaus in die Nacht.

***

Das Gespann Mohrs mit Anna und Lucas hielt vor dem Schulhaus in Arnsdorf. Mohr sprang vom Bock und pochte an die Tür. Oben öffnete sich ein Fenster und Elisabeth Gruber schaute heraus.

»Grüß dich, Liesl«, sagte Mohr, »es ist schon spät, ich weiß, aber ich muss die zwei, die für den Martin kämpfen wie der heilige Georg gegen den Lindwurm, bei dir abliefern und auch gleich wieder zurück.«

Damit half er den Kindern vom Kutschbock, kletterte selber wieder hinauf, verabschiedete sich mit: »Gute Nacht, ihr zwei, und Kopf hoch! Wir kriegen das alles schon noch so hin, wie es sein soll.« Und damit fuhr er zurück nach Oberndorf.

»Wenn es *nur* solche Gottesmänner geben würde wie den Mohr, wäre die Welt in besserer Ordnung«, dachte Elisabeth Gruber, während sie die Kinder einließ.

***

Selten haben Leute wie der Höll einen ruhigen Schlaf, daher schreckte er auch sofort hoch, als er ein merkwürdiges Geräusch hörte. Sein erster Gedanke: Diebe, Einbrecher, Mörder wollen in sein Haus – daher auch sofort der Griff zur Muskete, die immer geladen neben seinem Bett stand … Er ließ sie aber wieder sinken, als er die Taube am Fensterbrett wahrnahm. Dann sah er auch den eingerollten Zettel an ihrem Fuß, öffnete schnell das Fenster, nahm ihr die Botschaft ab und ließ sie wieder fliegen. Das kluge Tier kannte seinen Platz oben unter dem Dachboden im Taubenschlag.

Kaum hatte Höll fertig gelesen, schnalzte er mit der Zunge, eilte durch die Gänge und rief, dass es durchs ganze Haus hallte: »Huber?!« Und gleich darauf ungeduldig: »Huber was is', wo bleibst, ich brauch dich!«

Sich die Hose hochziehend kam sein Lakai aus seiner winzigen, nur mit dem Allernötigsten eingerichteten Kammer des sonst sehr edel ausgestatteten Hauses und erhielt den Befehl, sofort nach Oberndorf zu reiten, dort den Siebinger zu verständigen und auch den Rubenzucker. Und die beiden sollten dann mit zwei Soldaten sofort, heute Nacht noch, zur Sankt-Nicola-Kirche laufen und den Pilenta dort verhaften; und wenn er sich wehrt, dann müssen sie ihn halt – so leid es ihm tut – erschießen. Selber darf der Huber sich aber nicht einmischen und auch nicht sehen lassen – er war ja kein Österreicher. Mit ein paar Kreuzer Schweigegeld würden auch die Zöllner auf der Salzachbrücke ihr Maul halten, ihn gesehen zu haben. Jedenfalls dürfe keiner wissen, dass er, Höll, etwas damit zu tun habe.

***

Im Schulhaus von Arnsdorf lagen Lucas und Anna nichts ahnend, was sich in Oberndorf zusammenbraute, wieder Kopf an Kopf auf der Ofenbank. Anna war wegen all der Ereignisse, die zurzeit so vehement auf sie eingestürmt waren: der erste Kuss – die Zeitreisen – die ganze Aufregung wegen ihrer Eltern – aber auch wegen dieser Zauberflöte, ziemlich aufgewühlt, so sagte sie plötzlich in die Stille hinein: »Dass es so etwas wie deine Flöte geben kann, das hätt ich nie im Leben geglaubt.«

»Ich auch nicht«, antwortete Lucas.

»Kannst du nicht den Höll auf den Mond schicken?«

»Schön wär's. Nein. Ich darf nichts tun, was irgendetwas in der Zukunft verändert.«

Erschrocken richtete sie sich auf: »Du hast aber jetzt meinem Vater geholfen!«

»Ich weiß, aber was hätt ich denn tun sollen? Vielleicht ändert sich ja deswegen nichts in der Zukunft.«

Dreizehn setzte sich nun neben Lucas: »Jaja, du hast ganz schön viel riskiert.«

Lucas war diesmal über das Auftauchen von Dreizehn nicht sonderlich überrascht und meinte sarkastisch: »No risc, no fun. Das hat mein Vater auch einmal gesagt und kurz darauf waren wir pleite.«

Dreizehn kicherte: »Tja, Humor ist, wenn man trotzdem lacht!«

Anna hörte natürlich nur Lucas reden und fragte irritiert: »Was sagst? Norisk nofan und pleite?«

Lucas schlagfertig: »Hab nur laut nachgedacht, das bedeutet so viel wie, wer nichts riskiert, der gewinnt auch nichts, und wenn man verliert, verliert man eben – das nennt man dann pleite, da wo ich herkomme.«

Dreizehn nickte anerkennend: »Nicht schlecht, deine Ausreden werden immer besser.«

Anna mit leichter Bewunderung: »Meinen Vater jedenfalls hast du in Sicherheit gebracht. Das ist doch wie gewinnen, oder?«

Lucas: »Ja, für deinen Vater … Na ja, für mich glaub ich auch.«

»Oder auch nicht«, warf Dreizehn ein. »Es gibt drei Möglichkeiten. Die erste: der Martin kann beweisen, dass er kein Pferdedieb ist, dann bleibt er in Freiheit. Oder sie finden ihn und sperren ihn ein, dann hättest du das indirekt verursacht, das wäre dann nicht so gut für dich. Oder sie hätten ihn auch ohne dein Zutun gefunden und eingesperrt, das aber steht in den Sternen. Also schauen wir mal … Ciao und schlaf trotzdem gut!«

Dreizehn verschwand, wie sie gekommen war, und Lucas blieb nachdenklich zurück, besser gesagt mit noch mehr Sorgen. Anna hingegen war relativ glücklich und legte sich wieder hin – und noch glücklicher war sie, als sie Lucas' Hand berührte und er die seine auch diesmal nicht wegzog, sondern ihre sogar etwas fester hielt als beim ersten Mal.

Es war noch stockfinstere Nacht, als Mohr leise zum Platz hinter der Orgel in der Sankt-Nicola-Kirche kam, wo Martin kauerte. Dankbar nahm dieser die Decken entgegen, die Mohr mitgebracht hatte, und wickelte sich sofort darin ein. Dann wurden ihm Speck, Brot und Most gereicht. Martin bedankte sich herzlich, trank und aß besonnen, als hätte er die edelsten Speisen vor sich.

Josef Mohr konnte nachvollziehen, wie es Martin ging. Auch er hatte es nicht leicht gehabt im Leben, geboren und aufgezogen von einer Strickerin, die außer ihm noch andere ledige Kinder zu versorgen hatte und der ein lasterhaftes Leben nachgesagt wurde. Sogar sein Taufpate, der Scharfrichter von Salzburg, hatte sich bei der Taufe vertreten lassen, weil Josef Mohr, oder Sepp, wie man ihn nannte, ein lediger Balg war – so wie jetzt Martins Tochter Anna. Kein Mensch kann etwas dafür, wie und wo er geboren wird, trotzdem gibt es seit Menschengedenken überall auf der Welt dumme und aggressive Hohlköpfe, die jene, die anders sind als sie selbst, zu wertlosen Menschen erklären. Solche Gedanken gingen Josef Mohr oft schon durch den Kopf.

Josef Mohr jedoch hatte Glück gehabt, denn der Salzburger Domvikar erkannte sein Talent schon sehr früh, wodurch er die Möglichkeit bekam zu studieren. Er lernte auch Gesang, Geige und Gitarre spielen, durfte schließlich das Priesterseminar besuchen und erhielt die Priesterweihe. Das war zur damaligen Zeit etwas Besonderes, denn einem ledigen Kind musste damals die sogenannte Ordinariatsdispensation erteilt werden, damit es zum Priesterseminar zugelassen wurde.

Josefs erste Dienststelle war am Geburtsort seines Vaters, Mariapfarr im Salzburger Lungau. Sein Vater war Deserteur, war als solcher untergetaucht – und so hat Josef ihn nie kennengelernt. Darunter hatte er sehr zu leiden.

In Mariapfarr begann Mohr zu kränkeln und schrieb im Jahre 1816, in einigen sehnsuchtsvollen Stunden, eine Art Friedensgedicht, welches später – noch wusste es Mohr nicht – der Text vom *Stille-Nacht-Lied* wurde. Wegen einer nicht besser werdenden Erkältung kam Josef nach nicht einmal zwei Jahren nach Salzburg zurück und schließlich nach Oberndorf, wo er jetzt Martin gegenübersaß und nachdachte, was er tun könne, um dessen Sache zu einem guten Ende zu bringen.

Er überlegte und sagte dann: »Martin, pass auf, du musst bis morgen am Heiligen Abend da versteckt bleiben. Dann hole ich dich und werde dich und die Kathi trauen. Bis dahin darf niemand was davon erfahren.«

Martin sah Mohr ungläubig an und meinte nach längerem Schweigen: »Herr Hilfspfarrer, ich bin ein Mensch wie jeder andere und will auch behandelt werden wie jeder andere.

Warum also muss man geheim halten, dass ich heirate?«

Plötzlich ertönte Siebingers Stimme. Laut hallte sie durch die Kirche und brach sich mehrmals als Echo, als käme sie von allen Seiten: »Martin, komm herunter! Weglaufen hat keinen Sinn! Vor der Sakristei stehen meine Posten und einen dritten Ausgang hat die Kirche nicht.«

Nachdem er sich vom ersten Schreck erholt hatte, sagte Mohr: »Hat uns der Nöstler doch gesehen« und rief dann nach unten: »Siebinger, hast du schon einmal gehört, dass in einer Kirche keiner verhaftet werden darf?«

Siebingers gelassene Antwort: »Wir warten eh, bis er rauskommt.«

Nun aber mischte auch Pfarrer Nöstler mit, der unten zwischen den Gendarm Siebinger und den Soldaten Rubenzucker getreten war: »Darf ich fragen, warum ihn da keiner verhaften darf?«

Mohr trat nun an die Brüstung der Empore: »Weil der Martin ums Kirchenasyl gebeten hatte.«

Nöstler darauf ironisch: »Kirchenasyl? Als Evangelischer? Der hat Nerven. Das kommt ja überhaupt nicht in Frage!«

Mohr aber entgegnete: »Tut mir leid, Herr Pfarrer, dass ich widersprechen muss, aber das Asylrecht steht jedem zu.«

Pfarrer Nöstler nun: »Ich bin nicht sicher, ob unser hochwürdigster Herr Erzbischof deiner Meinung ist. Oder glaubst du, er sagt ›Herzlich willkommen in unserer Kirchen‹ zu einem lutherischen Verbrecher? Meinen Schutz hast du nicht, Martin Pilenta, und ich bin der Pfarrer da und als solcher der Vertreter vom Erzbischof. Und über dich, Koadjutor Mohr, werde ich mich auch beschweren!«

Mohr antwortete ruhig: »Ich bin mir sicher, dass das Urteil vom hochwürdigsten Herrn Erzbischof nicht anders ausfallen wird, als Martin das Asylrecht zu gewähren. Wir können ihn ja fragen, das würde euch vielleicht so manchen Weg nach Laufen zum Höll ersparen, Hochwürden.«

Pfarrer Nöstler wurde bleich – so wie vor kurzem Richter Tantinger – und schrie: »Das sind ungeheuerliche Anschuldigungen, Mohr!« – dann musste er sich vor Aufregung setzen.

Dafür behielt Siebinger die Fassung: »Martin, deine Kathi sitzt zurzeit im Gemeindekotter und friert und hungert, wahrscheinlich mehr als du. Wenn du da was dagegen hast, solltest du jetzt kommen.«

***

Lucas und Anna waren auf dem Weg nach Hause, zu Kathis Bauernhof. Ihre Stimmungen waren unterschiedlich; Anna war voller Hoffnung, dass sich alles zum Guten wenden würde, und Lucas grübelte darüber nach, ob er alles richtig gemacht habe, und vor allem, ob er erleben werde, was er erleben müsse, um die Probleme seiner Familie in der Gegenwart zu lösen.

Als sie zu Hause ankamen, mussten sie feststellen, dass sich nichts geändert hatte, denn die Soldaten waren immer noch da, bewachten das Haus und ließen niemanden hinein. Anna und Lucas hörten sogar das Vieh vor Durst und Hunger brüllen und als sie es zur Tränke führen und ihm Futter geben wollten, wurde ihnen sogar das von Rubenzucker verwehrt. Sie waren machtlos und verzweifelt und Rubenzucker meinte bedauernd: »Befehl von oben – und Befehl ist Befehl …«

Lucas erlebte nun hautnah, dass ein Soldat offensichtlich keine eigenen Gedanken haben darf, nicht einmal eigene Gefühle. Und schlagartig wurde ihm klar, wieso so viel Grausames in der Welt geschehen konnte und immer noch geschieht. Mut zum Ungehorsam, sogar wenn es um Reste von Menschlichkeit geht, scheint ein dünn gesätes Pflänzlein zu sein.

***

Siebinger sperrte den Kotter, wie das Gefängnis im Gemeindeamt genannt wurde, auf: »So, Kathi, du kannst gehen.«

Ungläubig und fröstelnd erhob sich Kathi von der Holzpritsche und wollte eilig den kalten, ungemütlichen Raum verlassen. An der schweren Eisentüre blieb sie aber erschrocken stehen, denn vor ihr stand Martin, flankiert von zwei Soldaten, und hörte Siebinger sagen: »Also, Pilenta, schönen Aufenthalt. Die Pritschen ist ja gut vorgewärmt von deiner Konkubine.«

Martin war es mittlerweile zu dumm, auf solcherlei Anfeindungen und Beleidigungen zu reagieren. Wichtig für ihn war im Moment nur, dass Kathi frei kommt, und dies umso mehr, als er sah, wie sie aussah, als sie an ihm vorbeiging: übernächtig, frierend – aber mit ungebrochenem Stolz und mit sorgenvollem Blick, was seine Situation betraf.

Er flüsterte ihr zu: »Pass gut auf dich und die Anna auf, die da haben nämlich keine Achtung mehr – vor nichts und niemandem! Und mach dir um mich keine Sorgen – ich steh das schon durch.«

Kathi traten Tränen in die Augen, nicht nur, weil sie zusehen musste, wie die Soldaten Martin grob in die Zelle stießen und hinter ihm mehrmals abschlossen, sondern wegen ihrer Ohnmacht, etwas dagegen unternehmen zu können ... So klang dieses scharfe, metallische Schließgeräusch noch lange bei Kathi nach.

Blinzelnd, vom hellen Licht der am Morgen tief stehenden Sonne geblendet, trat Kathi aus dem Amtshaus auf den Platz davor. Neugierige Bürger und Bürgerinnen – einige davon kannte Kathi persönlich, war sogar gemeinsam mit ihnen in der Schule – betrachteten sie abfällig bis spöttisch. Hilflos und frierend sah sie sich um. Auch Mohrs Pferdegespann war hier abgestellt – von ihm selbst war aber nichts zu sehen.

Auch Siebinger kam aus dem Amtshaus und teilte Kathi mit, dass ihr Haus beschlagnahmt worden sei, bis der Martin den Pferdediebstahl gestehen würde, und dass sie es auch nicht betreten dürfe. Spöttisch meinte er dann noch, dass er sie aber einstweilen beim Höll drüben unterbringen könne, und fügte süffisant und augenzwinkernd hinzu: »Der hat sicher nix dagegen«, worauf sich Kathis Verzweiflung in Wut verwandelte: Vor allen Gaffern verpasste sie ihm eine Ohrfeige, in der alle Energie lag, die durch den aufgestauten Zorn, die Ungerechtigkeiten und Gemeinheiten, die ihr widerfahren waren, vereint war. Diese Watschen – wie es im Volksmund heißt – war derart gewaltig, dass Siebinger eine ähnliche noch nie, nicht einmal als Kind, erhalten hatte. Er wurde zur Seite geschleudert und wäre sogar voll auf seinen Allerwertesten gefallen, wenn da nicht der Pferdeschlitten Mohrs gestanden hätte, an welchen er krachte und der ihn vor einem Sturz bewahrte.

Am Platz vor der Gemeinde wurde es mucksmäuschenstill. Die Bürger wussten nicht, sollten sie lachen oder blöd schauen. Und Siebinger hatte einen derartigen Schock, dass er vorerst sprachlos war – er wagte es nicht einmal, sich die schmerzende, immer röter werdende Wange zu reiben. Kathi stand kochend vor Wut vor ihm, bereit, ihm noch eine zu donnern, falls er zurückschlagen oder nochmal dummes Zeug daherreden würde.

Nachdem Siebinger sich halbwegs erholt und aufgerappelt hatte, reagierte er vorerst nur mit Worten: »Ja, bist du noch ganz richtig im Schädel? Ich bin eine Amtsperson!« Dann ging es mit ihm durch, er wollte auf Kathi losgehen, um sie zu packen, zurückzuschlagen oder sonst etwas Handgreifliches zu tun, besann sich jedoch, als er ihre funkelnden Augen sah, und griff in einer Art Reflex zum Säbel. Nur hatte er übersehen, dass just in diesem Moment Hilfspfarrer Mohr aus dem Gemeindeamt trat. Er war wieder bei Richter Tantinger – der per Brieftaube verständigt und angereist war –, um zu versuchen, Martin aus dem Gefängnis zu holen. Mohr hatte das Geschehen vor dem Haus mitbekommen und stürzte nun, beinahe außer sich vor Wut, auf Siebinger zu und fauchte ihn an: »Willst du tatsächlich eine Frau mit deinem Säbel schlagen? Bei Gott, ich sage dir, nichts wirst du tun. Gar nichts! Ich habe jedes Wort von dir gehört. Du hast nicht als Amtsperson gesprochen, sondern als Laufbursch und Hampelmann vom Höll! Und ich schwöre dir, wenn ich das eines Tages beweisen kann, dann gnade dir Gott!«

Mit diesen Worten ließ er ihn stehen und wandte sich Kathi zu: »Komm, Kathi, steig auf!« Damit half er ihr auf den Kutschbock seines Schlittens und reichte ihr eine Decke.

Siebinger blieb währenddessen wie angewurzelt stehen – den Blicken der Gaffer ausgeliefert.

Doch nun kam auch Richter Tantinger aus dem Gebäude. Er hatte vom Fenster aus zugesehen, was sich vor dem Amtsgebäude abgespielt hatte, und pflanzte sich nun vor Mohr auf, fühlte sich stark, da er sicher war, dass die umstehenden Gemeindebürger auf seiner Seite waren: »Aha, unser Herr Hilfspfarrer mandelt sich schon wieder zum Gerechten auf. Dabei hört man gar schöne Sachen über ihn: Sitzt oft im Wirtshaus bei den Zechern, spielt Gitarre und lasst es geschehen, dass dort verdächtige Lieder gegen die Obrigkeit gesungen werden. Und er tut auch gern Verbrecher verstecken, dem Herrn Pfarrer den Gehorsam verweigern und jetzt will er auch noch eine … Na, ich sag's lieber nicht, wie ich sie heißen tät … So eine möcht er jetzt auch noch zu sich nach Hause nehmen, nennt sich aber Gottesmann.«

Mohr erwiderte gelassen: »Ich glaub schon, dass ich ein Gottesmann bin, was man von gewissen Leuten da in der Gegend nicht behaupten kann, die sind nämlich eher mit dem Teufel im Bunde, oder Richter Tantinger? Wie geht's ihm denn dabei? Tut das nicht ein bissel weh?«

Dieser verliert schlagartig seinen Zynismus und fragt voller Wut: »Was will er damit sagen? Solche Anschuldigungen werde ich mir nicht gefallen …«

Mohr unterbricht ihn: »Er weiß genau, wer das Ross vom Höll in den Stall von der Kathi gestellt hat. Und sogar der Dümmste da in der Gegend kriegt inzwischen mit, wie sich Recht und Gesetz da bei uns vor dem Höll beugen! Und viele fragen sich auch, ob der für uns zuständige Richter immer noch nicht weiß, dass nicht der bayerische König Max Joseph für unsere Gesetze zuständig ist, sondern unser Kaiser Franz. Vielleicht denkt er einmal darüber nach, falls er noch Platz für vernünftige Gedanken in seinem verdrehten Schädel hat!«

Dann setzte er sich zu Kathi auf den Bock und fuhr davon.

Tantinger war sprachlos, schaute sich unsicher um – und wusste nicht mehr, ob »seine« Leute tatsächlich noch auf seiner Seite waren. Und Siebinger meinte nachdenklich: »Irgendeinen Wichtigen kennt der, sonst tät er solche Worte niemals wagen.«

***

Auf der Bank vor Kathis Haustür lümmelte Soldat Rubenzucker und ließ sich die Morgensonne auf den Pelz scheinen. Sein Befehl lautete immer noch, niemanden ins Haus lassen, komme, wer da wolle. Rechts und links der Tür lehnten seine beiden Untergebenen.

Lucas und Anna standen ratlos herum, als der Einspänner Mohrs rasch näher kam. »Schau, Lucas, die Mama und der Herr Hilfspriester! Dem Herrgott sei Dank«, rief Anna voll Freude.

Als Mohr abgesprungen war und er auch Kathi vom Bock geholfen hatte, umarmten sich Tochter und Mutter und aus Anna sprudelte es heraus: »Die lassen uns nicht ins Haus und unserem Vieh haben sie auch nichts zum Fressen geben, nicht einmal zum Trinken haben wir sie rauslassen dürfen!«

Josef Mohr – ohnehin noch in Rage – wandte sich

sofort an den jetzt wesentlich unsicherer dreinschauenden Rubenzucker, der sich auch sofort aufrichtete, als der Hilfspfarrer auf ihn zuschritt und ihn fragte: »Ist das wahr? Ihr habt das Vieh weder getränkt noch gefüttert?«

»Jawohl. Ist uns so befohlen worden!«

»Von wem?«, fragte Mohr.

Damit hatte er Rubenzucker überrumpelt, denn dieser antwortete: »Vom Höll … Äh, nein, vom Dings …, vom … Der Befehl …«

Mohr ließ ihn nicht weiterstottern: »Ja Himmelherrgott! Verzeih, Herr, dass ich jetzt fluch!«, sagte er mit Blick nach oben, »aber das schlagt dem Fass den Boden aus!« – und wieder an Rubenzucker und die Soldaten gewandt: »Wer ist euer Vorgesetzter, ihr Deppen? Ha? Augenblicklich gebts ihr drei jetzt Fersengeld, sonst wird euch noch Hören und Sehen vergehen, das schwör ich euch! Also los, verschwindets – aber wie der Blitz!«

So viel heiliger Zorn tat seine Wirkung. Die drei hünenhaften Männer verdrückten sich in einem Tempo, welches einem Wiesel alle Ehre gemacht hätte. Anna rief hinterher: »Und Tierquäler seids ihr auch! Pfui Teufel!« – und schon bekreuzigte sie sich. Dann machten sich Mohr, Lucas, Kathi und Anna sofort auf, das Eis im Brunntrog aufzuschlagen und das vor Durst und Hunger brüllende Vieh zu tränken und zu füttern.

Kathi unterbrach ihre Arbeit und sagte plötzlich: »Ich halte das nicht mehr aus. Morgen geh ich zum Höll und verkauf ihm meinen Hof, anders kriegen wir den Martin nicht frei.«

Mohr versuchte sie zu beruhigen: »Kathi, du kannst jetzt nicht aufgeben. Ich hab da was vor, und wenn das so geht, wie ich es mir vorstelle, dann habts ihr eine Ruh – endgültig, für immer, verstehst du?«

Kathi darauf entschlossen: »Nicht bös sein, Hochwürden, aber wieso sollen wir dann auf einmal eine Ruh haben?«

Nun musste er es rauslassen und wandte sich an die Kinder: »Seids ihr sicher, dass ihr ein Geheimnis bewahren könnt?«

Lucas und Anna im Duett: »Wir? Aber wie! Ganz sicher!«

Dann zu Kathi: »Kathi, ich möchte dich und den Martin verheiraten – am Heiligen Abend, gleich nach der Christmetten, damit es alle in der ganzen Gegend da mitkriegen. Das wäre dir doch recht? Der Höll müsste dich als verheiratete Frau in Ruh lassen und dem gehässigen Gerede über die Anna und dich wäre dann auch der Boden entzogen. Keiner wär mehr ledig und keiner mehr ein Balg. Von der Trauung darf nur vorher niemand erfahren, sonst könnte sie der Pfarrer oder wer anderer verhindern.«

Kathi war sprachlos ... Nach einer Weile: »Ja, wie soll denn das auf einmal ...? Geht denn das überhaupt?«

»Natürlich geht das, ich darf das, ich bin geweihter

Priester und wir werden es besonders feierlich gestalten, damit es sich auch wirklich herumspricht in der ganzen vor Dummheit verseuchten Gegend – ich meine damit natürlich nur die, die ich meine, alle sind ja nicht so. Jedenfalls ist dann für immer Schluss mit dem Getuschel und Getratsche und all den Gemeinheiten von diesem heuchlerischen, bigotten Pack – aber wie gesagt, man darf nicht alle in einen Topf hauen.«

»Der Martin ist aber im Gefängnis«, warf Kathi ein. Worauf Lucas und Anna entsetzt reagierten und von Mohr erfuhren, wie das geschehen konnte. Mohr sagte dann: »Noch weiß ich ja selber nicht, wie wir ihn da rausholen können ... Wir bräuchten halt irgendetwas, was beweist, dass er unschuldig ist oder wer diese Schweinerei eingefädelt hat ...«

Wie auf Stichwort stand plötzlich Dreizehn neben Lucas: »Hallihallo, i bin wieder do. Fällt dir nichts dazu ein?«

Lucas erschrak zuerst, beruhigte sich aber sofort wieder – die anderen hatten jedoch bemerkt, dass mit Lucas etwas nicht stimmte; daher fragte Kathi: »Is' was, Lucas?«

Daraufhin Lucas ausweichend: »Was? Ja ..., äh ..., nein, alles gut, ich denke nur nach.«

***

Es war Nacht geworden, die letzte Nacht vor dem Heiligen Abend. Mohr war in seiner Kammer im Pfarrhof, saß an seinem Schreibtisch und dachte nach, wie er Martin frei kriegen könnte, und wenn, was er tun könne, um die Hochzeit besonders feierlich zu gestalten, so dass man noch lange darüber redet. Wenn er die Kirche entsprechend schmücken würde, jetzt zur Weihnachtszeit – das würde zu früh verraten, was er vorhat. Das Überraschungsmoment muss unbedingt bleiben. Es musste ihm also etwas anderes einfallen ... Vielleicht könnte man Martin ja nur zur Christmette frei bekommen? Doch ob man einem Evangelischen den Wunsch, plötzlich in die katholische Mette gehen zu wollen, glaubt? Und zur Hochzeit überreden muss man den Sturschädel Martin ja auch erst. Ist das alles vielleicht kompliziert, ärgerte sich Mohr – dabei geht es doch um ganz normale Wünsche eines Paares und immer nur um ein und denselben Gott!

Martin lag zu selben Zeit wach in seiner Zelle, grübelte ebenfalls über alles nach und starrte an die Decke.

Kathi wälzte sich unruhig im Ehebett von einer Seite auf die andere – sie konnte ihre Gedanken nicht beruhigen.

Anna lag in ihrer Kammer und dachte vor sich hin – bis ihr schließlich die Augen zufielen und sie einschlief.

Gruber und seine Frau Elisabeth saßen noch in ihrer Stube und rätselten, was der nächste Tag so bringen werde. Irgendwas jedenfalls lag in der Luft.

Nur Lucas war umtriebig. Er lag hellwach in Kathis Haus auf der Ofenbank, schälte sich nun lautlos aus der Decke und schlüpfte in seine Kleider. Er zog sich besonders warm an, denn draußen war es klirrend kalt. Lautlos stieg er die Treppen hinauf und schlich in Annas Kammer.

So sanft er konnte, rüttelte er sie wach: »Zieh dich schnell an, wir besuchen den Höll!«

***

Nicht nur in China gab es eine Viererbande, die nach der einen Diktatur eine neue errichtete, auch in Oberndorf war im Jahre 1818 ein ähnliches Quartett zugange. Nein, nicht ganz so schlimm für die Allgemeinheit, für Annas Familie allerdings schon.

Höll, Richter Tantinger, Soldat Rubenzucker und Gendarm Siebinger saßen zu später Stunde im Wirtshaus Bauernbräu in Oberndorf an ihrem Stammtisch und spielten Karten – Pferdeknecht Haslinger saß allein am Nebentisch.

In einer dunklen Ecke hielt sich ein Mann auf, dessen Verhalten dem geschulten Auge sofort verriet, dass einer, der derart auffällig »unauffällig« dreinschaut, nur einer sein kann, dem man besser keine Geheimnisse anvertraut – es sei denn, man will jemanden in die Pfanne hauen. Diesen »Unauffälligen« hatte jedoch ein Bänkelsänger, der dem Soldaten Rubenzucker wie aus dem Gesicht geschnitten war und der in einer anderen Ecke beim fünften Bier saß, sofort durchschaut. Trotzdem oder gerade deswegen sang er ein provokantes Spottlied, welches er gekonnt mit seiner Gitarre begleitete:

Zwei Jahre war der Himmel dunkel,
auf die Äcker is' nichts g'wachsen,
wir da unten hatten Hunger
und die Habsburger haben g'fressen
von unseren Säuen die Haxen.
Drüben in Laufen sind sie reich
und wir in Oberndorf sind arm.
Drum mögen die Bayern ihren König,
aber wir werden mit unserm Kaiser nicht warm.

Mit Seitenblick zum Geheimpolizisten in der Ecke brüllte nun Richter Tantinger den Sänger an: »Und wir werden mit dir net warm, also halt endlich dein elendiges Schandmaul!« Dann zu Rubenzucker: »Das ist vielleicht ein Depp!«

Rubenzucker daraufhin: »Jawohl, der is' ja auch mein Bruder.« Über so viel Blödheit musste selbst der dumpfe Haslinger lachen.

Der Spottliedsänger verstummte und der geheimnisvolle Mann in der dunklen Ecke – tatsächlich ein Metternich-Spitzel – entspannte sich. Er war offensichtlich froh, auch endlich Feierabend zu haben.

Und Tantinger – während er aus den Augenwinkeln zum Geheimpolizisten hinübersah – wandte sich flüsternd an seinen Sitznachbarn: »Du wirst dir noch was einfallen lassen müssen, Höll. Wenn die mir nämlich einen kaiserlichen Beamten auf den Hals hetzen – vielleicht ist der da schon die Vorhut –, muss alles hieb- und stichfest sein. Der oberschlaue Hilfspfarrer rührt nämlich ganz schön um. Zum Beispiel lasst er schon verlauten, dass ich angeblich weiß, wer dein Ross in der Kerschbaumerin ihren Stall gestellt hat ... dass das jedenfalls nicht der Pilenta war. Das denken jetzt übrigens schon viele im Ort – sogar dass ich Geld von dir krieg, werd ich schon verdächtigt.«

Worauf Höll zynisch erwiderte: »Reicht dir vielleicht nicht, was du von mir gekriegt hast, oder was willst du damit sagen?«

Richter Tantinger spielte genüsslich eine besonders gute Karte aus und sagte: »Jetzt sind wir beim Thema, Höll. Mir tät nämlich ein bisserl mehr Luxus auch nicht schaden ...«, worauf Höll ihm ins Ohr flüsterte: »Wenn der Pilenta spurlos verschwinden tät, können wir über einen ziemlich großen Luxus reden …« Dann spielte er eine noch bessere Karte aus und strich den Stich ein.

Am Fenster sah man jetzt Lucas und Anna auftauchen und blitzartig wieder verschwinden.

***

Wolken verdunkelten in dieser Nacht den Himmel. Trotzdem waren Anna und Lucas gegen das Glitzern des Wassers der Salzach gut zu erkennen, wie sie auf einer Zille zur bayerischen Seite des Flusses trieben, dort am Ufer anlegten und die Zille festbanden, um sie zur Rückfahrt bereitzuhaben.

Anna flüsterte: »Lucas, wieso sind wir nicht mit deiner Flöte herübergeflogen?«

»Ich kenne keine Melodie, die uns ins Haus vom Höll bringt, und nachzumachen, wie er immer mit der Zunge schnalzt, wäre vielleicht ganz lustig, nur landen wir dann bei ihm im Wirtshaus – aber genau das wollen wir nicht.«

»Und was suchen wir beim Höll?«, fragte Anna.

»Ich weiß es auch nicht so genau, irgendwas, das vielleicht beweisen kann, wer das Pferd in euren Stall gestellt hat. Vielleicht gibt's eine Liste, wo er alles, was er tut, aufschreibt. Leute wie der sind oft ziemliche Pfennigfuchser. Meine Mutter sagt immer, von den Reichen kann man das Sparen lernen.«

Die beiden schlichen durchs nächtliche, größere und vor allem reichere Laufen. Beide waren sehr aufgeregt. An einer Kreuzung versuchten sie sich zu orientieren, wussten im Moment nicht wohin, daher Lucas: »Und weiter, du warst doch schon einmal da, hast du gesagt?«

»Stimmt ja auch, aber damals war ich noch nicht einmal zehn. Mein Vater und ich sind aber beim Höll seinem Haus vorbeigegangen und das tät ich sofort wieder erkennen«, antwortete Anna – und plötzlich aufgeregt: »Doch, ja, das da vorne, das könnte es sein! Ja, das ist es, ganz sicher!«

Die beiden erreichten Höllls Haus, ein pompöses, villenartiges Anwesen mit Arkadenhof und Garten, den man von der Straße aus nicht sehen konnte.

Nun standen sie davor, schauten sich um, ob sie jemand sah, und suchten nach einer Möglichkeit hineinzukommen. Sie gingen um eine Ecke und kamen in eine enge Gasse. Lucas hatte dort ein kleines Fenster ausgemacht – es lag weiter oben, war aber das einzige, welches nicht vergittert war.

»Da oben willst du rein?«, fragte Anna, »das ist doch zu und sicher verriegelt.«

Lucas konzentriert: »Es gibt nichts auf der Welt, was nicht auch eine Schwachstelle hat, hab ich mal gelesen.«

Geschickt kletterte er dann an vorspringenden Mauersteinen hinauf, erreichte das Fenster, aber es war – wie Anna es vorausgesagt hatte – verriegelt. Lucas drückte dagegen und merkte, dass das Fenster etwas Spiel hatte. Daraufhin schlug er mit seiner Faust an den Fensterrahmen, immer wieder, so leise es ging, und konnte durch die Glasscheibe sehen, dass sich der Riegel bei jedem Schlag etwas weiter nach unten bewegte. Noch ein letzter Schlag – und das Fenster ließ sich aufstoßen. Nach einem triumphierenden Blick zu Anna, die bewundernd zu ihm hochsah – sich dabei aber unentwegt nach möglichen Passanten umsah, kletterte er geschickt ins Haus.

Und plötzlich war nichts mehr unter seinen Füßen – nur ein kreisrundes Loch, von welchem aus es weit nach unten in eine stinkende Kloake ging. Dieser Sturz wäre sicher einer ohne Wiederkehr! In den biologischen Ausscheidungen eines Höll zu ertrinken hätte Lucas gerade noch gefehlt. Doch im selben Moment, in dem er sich fragte, wo denn seine Schutzfee Dreizehn bleibe, um ihn aus dieser misslichen, sogar lebensgefährlichen Lage zu befreien, erwischte er die Halterung eines Regals, klammerte sich daran fest, die andere Hand erreichte die Fensterbank und so konnte er seine Beine wieder aus diesem verdammt großen Loch ziehen, das wohl für den Riesenhintern vom Höll eine solch immense Dimension benötigte.

Lucas beruhigte sich, musste etwas verschnaufen – und stellte fest, dass er auf dem Abort gelandet war, dem »stillen Örtchen« oder Plumpsklo, wie man heute sagt. Er hielt sich die Nase zu und gab schnell den Deckel auf die ihn beinahe in die Tiefe saugende Öffnung.

Nachdem Anna nichts von ihm hörte, machte sie sich Sorgen, rief ängstlich, aber leise: »Lucas, is' was mit dir?« und beruhigte sich wieder, als er am Fenster auftauchte. Sie wollte, dass er sie zu ihm hochzog. Doch Lucas erklärte ihr, dass es besser sei, sie würde draußen warten und ihn warnen, falls Höll zu früh auftaucht oder sonst etwas Bedrohliches passiert. Sie einigten sich auf das katzenartige »Miau« als Signal für Gefahr. Und wenn Lucas dies hören würde, sollte er mit derselben Losung antworten. Lucas verlangte dann noch Annas Lieblingslied, um im Notfall mithilfe seiner Flöte zu ihr zu reisen. »*Wahre Freundschaft soll nicht wanken*«, war Annas Antwort, »kennst du das?«

»Schönes Lied, ja, kenne ich«, antwortete er, »und wenn du auf ein Miau von dir nichts von mir hörst, musst du lauter miauen, bis ich mich melde – aber nicht ununterbrochen, das fällt auf, okay?«

Anna: »Okay.«

Und weg war er vom Fenster – im räumlichen Sinn.

Nachdem Lucas den Abort verlassen hatte, kam er in einen langen Gang, der durch mehrere Petroleumlampen an den Wänden gut beleuchtet war. Geschickt nahm er eine davon vom Haken, öffnete flink da und dort eine Tür und schaute in die teuren, jedoch nicht sehr geschmackvoll eingerichteten Zimmer und Kammern. In keinem dieser Räume konnte er vermuten, etwas zu finden, was ihm helfen könnte.

Doch dann erreichte er einen Raum, den man damals Kontor nannte – heute würde man Kanzlei oder Büro dazu sagen. So wie dieser Raum ausgestattet war mit Schubladenkästen, Aktenschränken, einem Schreibtisch, einem bequemen Drehstuhl, einer Art Diwan und einem Glasschrank mit Gläsern und Schnäpsen – vermutlich um Geschäftspartner zu betäuben –, war das Hölls Büro, dachte Lucas und hier musste er suchen. Er stellte die Petroleumlampe ab, öffnete die Lade am Schreibtisch und fand darin mehrere Schriftstücke. Er versuchte sie zu entziffern, hatte aber nicht den Eindruck, dass sie von Bedeutung sein könnten, und legte sie wieder so zurück, wie sie lagen, bevor er sie genommen hatte. Lucas kombinierte gut und wusste, dass alles, was leicht zu finden war, sicher nicht das sein konnte, was Höll in Bedrängnis bringen würde. Es musste eine Art Geheimfach geben …

Lucas untersuchte nun sämtliche Vorsprünge und Ornamente an den Möbeln, ob sich durch Draufdrücken eine Schublade oder Türe öffnen würde – aber nichts davon geschah. Die Zeit lief und lief – ewig konnte Höll sich ja nicht im Wirtshaus aufhalten. Hektischer werdend schaute sich Lucas um – und plötzlich fiel ihm auf, dass ein Heiligenbild, mit dem vor dem Feuer schützenden heiligen Florian als Motiv, etwas schief an der Wand hing. Durch den Schatten, den die Petroleumlampe warf, war dies gut zu erkennen. Er schob das Bild zur Seite und tatsächlich: Hinter diesem Bild tat sich eine Nische im Mauerwerk auf – und dort stand eine schlampig geschlossene Schatulle. Lucas schaute hinein, fand Geld, Herrenschmuck und mehrere kleine Zettel. Vielleicht waren diese Zettel genau das, was er brauchte, um Höll zu überführen – wieso sonst versteckte sie Höll in einem Geheimfach? Nur wusste Lucas nicht, welchen der Zettel er nehmen sollte – aber die Schrift auf den Zetteln war kurrent, eine Schrift, die Lucas nicht gut lesen konnte …

Als er plötzlich eine Stimme hörte, erschrak er fürchterlich, versteckte schnell die Zettel, die er in der Hand hielt, hinter seinem Rücken – erkannte dann Dreizehn, die gemütlich am Schreibtisch saß, atmete erleichtert durch und meinte: »Mensch, jetzt hast du mich aber erschreckt!«

Und Dreizehn fragte: »Wer, glaubst du, wohnt noch hier im Haus, Schlaumeier?«

Lucas wurde plötzlich nervös. Dass er daran nicht gedacht hatte! Höll hatte sicher Angestellte!

»Quatsch«, sagte Dreizehn, »denen gönnt der gute Mann kein so gutes Quartier. Nur sein Wachsoldat Huber ist hier in einer Art Besenkammer untergebracht«, sagte sie verschmitzt.

Lucas reagierte erschrocken: »Denkst du, der hat mich gehört?«

»Sicher …«, worauf Lucas schnell zur Tür eilte und vorsichtig auf den Gang hinaussah. Dann setzte Dreizehn ihren Satz fort: »Sicher hätte der dich gehört, wenn er heute nicht irgendwo hingeschickt worden wäre, um bei irgendjemandem Bestechungsgeld abzuliefern.« Nachdem Lucas sie wegen des neuerlichen Schreckens, den sie ihm eingejagt hatte, vorwurfsvoll ansah, sich aber wieder entspannte, setzte sie fort: »Etwas mehr denken würde nicht schaden, du Held, oder? Also wer, denkst du, könnte noch hier im Haus sein?«

Lucas überlegte: »Na sag schon!« Sie lächelte, schaute ihn an und wartete darauf, dass er von selber draufkam. ... Pause ... Dann Lucas endlich: »Napoleon! Der Hund!«

»Ich hoffe, du weißt, wie man mit diesem Ungeheuer umgeht. Hier im Haus interessiert ihn kein »Holzi«, hier ist er Wachhund! Ich wünsch dir also viel Glück, du wirst es brauchen« – und Dreizehn verschwand mit einer Mischung aus besorgtem Lächeln und Mut machendem Blick.

Lucas wollte sich jetzt schnell der Schatulle zuwenden – da hört er ein »Miau!« und daraufhin ganz in der Nähe ein lautes Bellen. Eben noch hektisch – jetzt schon fast panisch, wollte Lucas die Zettel in die Hosentasche stecken, doch da war schon die Flöte, also steckte er sie unter sein Hemd und klemmte sie mit dem Hosenbund fest, schob dann schnell das Bild vor die Nische und kontrollierte eilig, ob alles wieder so war wie zuvor, und wirkte halbwegs zufrieden. Aber das Miauen von draußen wiederholte sich, wurde dringlicher. Lucas' Panik wuchs. Er nahm die Petroleumlampe, eilte damit aus dem Kontor, lief den langen Gang entlang, hängte die Petroleumlampe wieder dort auf, wo sie gehangen hatte, wollte zur rettenden Aborttür ..., doch da war plötzlich ein Geräusch direkt vor ihm. Lucas stoppte abrupt – ein Schlüsselgeräusch – und gleich darauf das Knarren einer großen Tür! Dazu mischten sich von draußen ein immer lauter werdendes »Miau, Miau, Miau!«, das nahe Bellen Napoleons und das Kratzen seiner Tatzen an einer Tür in der Nähe des Kontors. Dieses »originelle« Geräuschkonzert war Lucas völlig fremd, löste aber seine Erstarrung. Er schlich nun rückwärts – war jedoch nicht schnell genug, denn ... zuerst sah er einen Schatten auftauchen und dann den Höll höchstpersönlich. Doch noch einmal hatte Lucas Glück: Höll schaute nicht in seine Richtung, sondern eilte – und das wohl dringend – in Richtung Abort. Lucas war derart auf den jetzt aus seinem Hinterteil, rhythmisch und lautstark, stinkende Luft ablassenden Höll fixiert, dass er nicht mitbekam, wie noch eine Tür aufschwang – dafür hatte das Bellen und Kratzen aufgehört. Wichtig war ihm im Moment nur: Wo kann ich mich verstecken? Also zurück ins Kontor.

Als er drin war, wollte er leise die Tür schließen, aber das ging nicht: Die Tür stieß an etwas großes Weiches. Lucas drehte sich um und blickte direkt ins gigantische Maul von Napoleon. Regungslos blieb Lucas stehen, versuchte sich zu sammeln und flüsterte: »Na, du, du kennst mich doch noch, oder? Wir haben so schön Holziwerfen gespielt.« Napoleon knurrte.

Schritt für Schritt wich Lucas weiter hinein ins Kontor – Napoleon ihm nach. Die Tür hinter ihm schwang zu. Napoleons Knurren wurde fordernder, irgendein »Duft« drang in seine feine Nase, dessen Quelle ihn stark zu interessieren schien. Lucas stieg auf das Sofa und vom Sofa hinauf auf einen Schrank. Dort oben griff er zur Flöte – und als Napoleon sie sah, erkannte er sofort, woher sein geliebter Duft kam, und war nicht mehr zu halten: Er sprang an den Schrank, auf dem Lucas saß, und nochmal und immer wieder, so dass das hohe Möbelstück – ein wunderschöner, nagelneuer Kasten im Stile des Klassizismus – immer stärker zu wackeln begann. Lucas musste sich festhalten und hatte keine Chance, auch nur einen einzigen Ton in die Flöte zu blasen. Schließlich widmete sich der Hund auch noch Lucas' Hosenbein, als ob er Lucas vom Kasten zu ihm herunterreißen wollte. Also zog Lucas schnell die Beine ein und saß nun gebückt – denn der Raum war entsetzlich niedrig – im Türkensitz auf dem Schrank. Die Flöte in beiden Händen haltend wirkte er jetzt wie ein Schlangenbeschwörer – beschwören allerdings sollte er diesen verrückten Hund.

Zumindest schaffte er es nun doch, die Flöte an den Mund zu setzen und »Arragoz« zu flüstern, sagte dann noch »Anna« – von draußen hörte man immer wieder ihr aufgeregtes »Miau« – aber Lucas war überfordert. Mit einem genervten »Ja, ich komm ja schon!« hatte er die Codeworte, die die Flöte benötigte, unterbrochen, wollte aber trotzdem die verabredete Melodie spielen. Im selben Moment machte Napoleon einen gewaltigen Satz an den Schrank, worauf Lucas heruntergefallen wäre, hätte er sich nicht mit beiden Händen festgehalten. Dadurch verlor er aber die Flöte ... Sie fiel und fiel – er sah es wie in Zeitlupe – und schließlich landete seine Zauberflöte mitten im Maul von Napoleon. Und endlich war der Hund zufrieden, schaute freundlich wedelnd zu Lucas empor und winselte sogar dankbar. Lucas wusste nicht, sollte er lachen oder weinen.

Und jetzt öffnete sich auch noch die Tür – der Lichtschein einer Petroleumlampe fiel herein und gleich darauf tauchte Höll auf.

»Was winselst denn so, du depperter Hund, hast wieder ein Mausi gesehen oder was?«

Lucas – oben auf dem Schrank – verhielt sich mucksmäuschenstill; von draußen hörte man immer wieder Annas Miauen. Daraufhin Höll: »Kein Mausi, ein Katzi! Eine ganz narrische, die nicht mehr aufhört zu miauen. Los, raus mit dir, fang's Katzi! Napoleon wedelte daraufhin freundlich mit dem Schwanz, rührte sich aber nicht von der Stelle. »Magst heut kein Katzi?«, und jetzt entdeckte er die Flöte in Napoleons Maul: »Was hast du denn da schon wieder?«

Er näherte sich dem Hund, um zu sehen, was es war, worauf Napoleon knurrte und die Zähne fletschte. Höll zuckte zurück und sagte aufgebracht: »Ja, spinnst jetzt? Tust du's Herrli anknurri, oder was war das?« Napoleon fühlte sich offensichtlich gestört und knurrte heftiger, worauf Höll es mit der Angst zu tun bekam und verärgert sagte: »Ja, gibt's denn so was? Knurrt mich das Mistviech an! Was ist denn das auf einmal?! Na wart, einmal noch, und ich erschieß dich, du Krüppel.« Jetzt ließ Napoleon die Flöte fallen und kläffte sein Herrchen zornig an, worauf Höll mit einer Mischung aus Angst und Wut das Kontor verließ und murmelte: »Na wart, dir werd ich's noch zeigen.«

Napoleon schnappte sich die Flöte wieder, beruhigte sich und warf einen treuen Blick hinauf zu Lucas. Mit angehaltenem Atem hatte Lucas das Geschehen unten mitangesehen. Nun nahm er seinen ganzen Mut zusammen, kletterte vorsichtig herunter und wandte sich an den Hund: »Bitte, Napoleon, gib mir die Flöte wieder! Bist ein guter Hund, ja?« Napoleon ließ die Flöte los, bellte wie zur Bestätigung und legte sich zufrieden hin …

Höll rief von draußen: »Jetzt kläfft der schon wieder! Halts Maul, blödes Vieh!«

Als Lucas dann versuchte nach der Flöte zu greifen, knurrte Napoleon auch ihn unfreundlich an. Lucas wusste nicht, was er tun konnte. Einerseits hatte er Angst um die Flöte, andererseits war der Weg zur Tür jetzt frei, da

Napoleon sich offensichtlich in die Flöte verliebt hatte. Doch da draußen wartete vielleicht der Höll …

Lucas versuchte es nun in seiner Verzweiflung – mehr als hilflos – mit einem Trick: »Napoleon, du bist ein so kluger Hund. Kannst du auch in die Flöte hecheln? Geht das? Das ist ungefähr so wie hineinblasen. Also Napoleon, sei brav und hechle!« Der Hund legte den Kopf schief und hörte aufmerksam zu – Lucas weiter: »Ich weiß zwar nicht, wo du landest – aber du kriegst sicher kein schlechteres Herrli als den Höll.« Als Napoleon den Namen Höll hörte, knurrte er wieder. Lucas: »Siehst du, da sind wir einer Meinung … Nur wohin mit dir? Weißt du was, ich schick dich zum Napoleon auf die Insel Sankt Helena, okay? Wenn ich Arragoz sage und dann Napoleon …« – und plötzlich war Dreizehn wieder da.

Sie wirkte zum ersten Mal nervös: »Du bist leider nicht der, der mit den Hunden spricht, oder wie siehst du das? Außerdem fehlt dir für diesen Gott sei Dank endgültig kaltgestellten Kriegswahnsinnigen das passende Geräusch oder eine Melodie! Abgesehen davon, dass der Hund einen Teufel tut, in deine Flöte zu hecheln.«

»Dann sag du mir doch, was ich tun soll!«, forderte Lucas sie jetzt verzweifelt auf.

»Das darf ich leider nicht, zum Donnerwetter, aber du musst etwas unternehmen, also lass dir endlich etwas einfallen!«

Und jetzt war Lucas an der Reihe mit einem Wutanfall, drehte sich zum Hund um und brüllte ihn an: »Napoleon, es reicht! Du gibst mir jetzt sofort meine Flöte!« Darüber erschrak Napoleon dermaßen, dass er das alte Instrument fallen ließ und sich in eine Ecke verzog. Blitzschnell schnappte sich Lucas die Flöte.

Daraufhin Dreizehn: »Na also, geht doch«, sie lächelte erleichtert und verschwand.

Lucas sammelte sich, legte dann das Ohr an die Tür, lauschte nach draußen, ob die Luft rein war, öffnete leise ... und starrte in die Mündung einer Muskete, die ihm Höll vors Gesicht hielt – den Finger am Abzug. Langsam drängte Höll Lucas zurück ins Kontor.

»Ich hab gleich gewusst, dass da etwas nicht stimmt«, sagte Höll, »die Flöte war eines Tages verschwunden und jetzt auf einmal ist sie wieder da? Eigenartig, hab ich mir gedacht, da muss doch wer im Haus sein? Aber egal wer bei mir einbricht, Bürscherl, jeder wird verstehen, dass ich da leider schießen muss. Im Dunkeln kann ich ja nicht wissen, dass es ein Kind war. In der Nacht sind alle Katzen grau, auch die Katz, die da draußen so einen Lärm macht. Und jetzt legst du zuerst alles, was du bei dir hast, auf meinen Schreibtisch.«

Lucas legte die Flöte – in Griffweite – auf den Schreibtisch, stülpte seine Hosentasche nach außen und sagte: »Nichts, die Hose hat nur ein Tasche. Ich hab immer nur meine Flöte dabei. Mit der kann ich sogar zaubern.«

Höll verächtlich: »Zaubern? Halt mich nicht auch noch zum Narren, ja?« In einer Hand hielt Höll die Muskete, mit der anderen überzeugte er sich, indem er Lucas abtastete, dass die Hose tatsächlich nur eine Tasche hatte.

Höll war dadurch etwas abgelenkt, daher konnte sich Lucas blitzschnell die Flöte angeln: »Ich beweise es euch, ja?«

Höll darauf: »Jaja, blas nur rein da, du blast eh bald nur noch auf dem letzten Loch.«

Lucas murmelte: »Arragoz. Gegenwart. Salzburg« und spielte die Melodie des Liedes *Salzburger Nockerl.* Dabei hielt er sich am verblüfften Höll fest, welcher es sofort mit der Angst zu tun bekam, als plötzlich Sturmwind aufkam und die überirdische Melodie, der dann auch noch das unwirklich helle Licht folgte. Höll riss die Augen auf, ließ die Muskete fallen, um sich am Schreibtisch festhalten zu können, seine Haare stellten sich auf und er stammelte: »Was, was … ist das?«

Draußen unterbrach Anna ihr Miau, als sie den Lichtschein aus Hölls Villa in den Himmel schießen sah: »Der wird sich irgendwo in der Vergangenheit verlieren«, dachte sie. Aber diesmal war der Blitz auf dem Weg in ihre Zukunft.

1835, am 7. Dezember, als in Deutschland die erste Dampflokomotive ihren Betrieb aufgenommen hatte, sind Frauen bei ihrem Anblick in Ohnmacht gefallen und sogar kräftige Männer haben geschrien angesichts dieses dampfspuckenden Ungeheuers. Ärzte haben vor diesem neuen Transportmittel gewarnt: Wer in einem dieser Wagen mitfährt, würde Gehirnkrankheiten riskieren und eine Lungenentzündung aufgrund des Fahrtwindes. Ungefähr so wird sich Höll gefühlt haben, als er die Welt des 21. Jahrhunderts betreten musste.

Ein Lichtschein schoss aus den Wolken und Lucas erschien mit Höll, wie aus dem Nichts, dicht hinter einer feschen Kellnerin, die gerade ganz oben im modernen Restaurant der Salzburger Stadtbibliothek die Süßspeise »Salzburger Nockerl« servierte. Von hier hat man einen wunderschönen Blick über die ganze Stadt. Höll riss die Augen auf, sah die riesige Glasfront, die vielen Dächer und Türme und duckte sich voller Angst. »Um Gottes willen, wo bin ich da!?«, stammelte er leise.

Lucas ließ Höll die Szenerie einige Sekunden lang aufnehmen und gerade, als sich sein Atem etwas beruhigt hatte, flüsterte er in die Flöte: »Und jetzt überall dorthin, wo ich den Namen nenne: »Amphibienbus.«

In der nächsten Sekunde standen Höll und Lucas ganz vorne im »Amphibienbus« – eine spezielle Touristenattraktion der Stadt Salzburg, mit der Fahrgäste sowohl zu Lande als auch zu Wasser die Sehenswürdigkeiten der

Stadt erleben können. Der Bus fuhr nicht gerade langsam schnurstracks in die Fluten der Salzach, sodass die Windschutzscheibe einer heftigen Bugwelle standhalten musste. Höll stieß einen markerschütternden Schrei aus, den die anderen Fahrgäste nicht zu hören schienen ... War er denn für sie überhaupt zu sehen? Nicht einmal Lucas wäre im Stande gewesen, diese Frage zu beantworten – nachdem er aber jetzt keine Zeit hatte, dem nachzugehen, nahm er sich vor, dies bei nächster Gelegenheit von Dreizehn zu erfragen.

Die Antwort folgte auf dem Fuße, denn schon war die Genannte neben ihm und meinte fröhlich: »Einmal so und einmal so – je nachdem, ob es deinem Opfer schaden soll oder nicht. Jedenfalls ist das, was du jetzt tust, eine gnadenlos gigantische Idee.« Und dann konnte Lucas sehen, wie Dreizehn durch die Glasscheibe nach draußen sprang und sich dort wie Blütenstaub auflöste. Lächelnd über ihr »Kunststück« schüttelte Lucas den Kopf und wandte sich wieder an den zitternden Höll, so als wäre diese Fahrt mitten in den reißenden Fluss das Normalste auf der Welt: »Was hat er denn, es ist doch ausgesprochen spannend hier, oder?«

Höll flehend: »Nein, ganz und gar nicht, bitte schnell weg von da!«

Lucas murmelte unbeirrt: »Gaisberg, Hubschrauber« – und schon stand er mit Höll im Schlepptau auf der Spitze dieses stadtnahen Ausflugsziels. Der Gaisberg erinnert in seiner Form fast an einen Vulkan. Unmittelbar vor ihnen erhob sich ein riesiger Sendemast und dicht über ihren Köpfen kreiste laut ein Hubschrauber. Höll warf sich sofort der Länge nach auf den Boden, der Luftstrom der Rotorblätter wirbelte seine Haare durcheinander, ebenso seinen Morgenmantel, wodurch sein merkwürdiges Untergewand sichtbar wurde. Dies aber spielte für den sonst so edel gekleideten und eitlen Höll im Moment keine Rolle. Er hatte Angst, panische Angst, und hörte nicht mehr auf am ganzen Körper zu zittern. Dieser brutale, niemand anderen achtende Koloss von einem Mann war in wenigen Minuten zu einem Häufchen Elend verkommen und wimmerte unaufhörlich: »Mach das weg, bitte mach das ganz schnell weg!«

Lucas wusste, für diesen widerlichen Menschen war das bisher Erlebte noch nicht genug, daher flüsterte er: »Eisenbahn.« Daraufhin raste ein Intercity über eine Brücke genau auf Höll und ihn zu. Höll war der Ohnmacht nahe. In der nächsten Sekunde standen Höll und Lucas auf der Rolltreppe eines Kaufhauses, mit der es bergab ging. Instinktiv aber wollte Höll unbedingt nach oben und begann, wie verrückt – vorbei an lachenden Passanten – entgegen der Laufrichtung hinaufzulaufen – und kam dabei kaum von der Stelle. Als er dann doch oben angekommen war, blitzt es wieder, und die beiden Zeit- und Raumreisenden standen in einer leeren Gondel der Untersbergseilbahn – unter ihnen der gähnende Abgrund, rings herum die schneebedeckte Salzburger und bayerische Bergwelt, dicht über ihnen ein Flugzeug auf dem Weg zur Landung am Flughafen Salzburg. Höll säuselte nur noch unverständliche Laute, wollte gerade auf der Gondelbank zusammensacken, als er sich plötzlich im Zentrum der Stadt Salzburg wiederfand. Er flehte Lucas an: »Ich will nach Hause. Bitte bringe er mich wieder heim.«

Lucas tat, als würde er darüber nachdenken, und sagte: »Gut, Höll, wir reisen nach Hause. Aber unter einer Bedingung.«

Höll hatte ein wenig die Fassung wiedergewonnen, denn sie waren in einer menschenleeren Altstadtgasse gelandet, die ihn an seine Zeit erinnerte: »Du bist kein normales Kind, du bist mein Hauskobold!? Ich stell dir doch eh immer eine Schale Milch ins Stiegenhaus!«

Lucas lächelte und sagte: »Ich bin wahrlich mehr als dein Hauskobold und du versprichst mir jetzt, dass Martin Pilenta sofort freikommt und dass du die Kathi Kerschbaumer, ihr Haus und auch die Anna für alle Zeit in Ruhe lasst.«

Das zu versprechen fiel Höll verdammt schwer – seine Gier schien immer noch größer zu sein als seine Angst. Er sah sich um – wähnte sich in Sicherheit, verzog das Gesicht, und sagte – jedoch mit einem Fragezeichen in der Stimme: »Die Kathi und ihre Tochter, vielleicht auch den Martin, die lass ich in Ruh, von mir aus. Aber das Haus und das Grundstück …«

In diesem Augenblick näherte sich ein schweres Motorrad. »Was ... was ... was kommt denn da jetzt? Bitte mach das weg, nicht noch einen Zauber, bitte ...«, flehte Höll sofort wieder kleinlaut. Das Motorrad kam näher und näher durch die enge Gasse, genau auf Höll und Lucas zu, verfolgt von einem Polizeiwagen mit lauter Sirene. Höll schrie: »Weg, weg – ich mach alles, was du willst. Alles, ich schwör's! Nur weg mit dem da!«

»Na gut« sagte Lucas, »dann halte dich schnell an mir fest.« Höll umarmte Lucas' Beine. Das Motorrad und die Polizei waren schon sehr nahe bei ihnen, doch nun wurde auch der Motorradfahrer panisch, denn um den beiden Figuren, die vor ihm mitten in der Gasse standen, auszuweichen, war es hier zu eng. Er bremste, dass die Räder blockierten, und Lucas flüsterte: »Arragoz. 23. Dezember 1818, Anna Kerschbaumer« und spielte schnell die ersten Töne des Liedes *Wahre Freundschaft soll nicht wanken*. Die Reifen des Motorrads quietschten – Sturmwind, überirdischer Ton, gleißendes Licht quer über den Himmel – und der Motorradfahrer wurde von der Fliehkraft nach oben geschleudert, vollführte einen Salto, der jedem Artisten Ehre gemacht hätte und der Gott sei Dank nicht in der harten Gassenmitte sein Ende fand, sondern am Rand, auf einem Stapel alter Gemüsekartons, welche seinen Aufprall milderten. Und es regnete Geldscheine, die während seines Fluges aus der Tasche geweht wurden, die er noch vor einer Sekunde unter seiner Achsel festgeklemmt hatte.

Der Motorradfahrer sammelte sich und schaute sich entgeistert um: Lucas und Höll waren verschwunden! Der Streifenwagen hielt an, zwei Polizisten sprangen mit gezogenen Waffen heraus und richteten sie auf den verdatterten und wild aussehenden Gesellen – offensichtlich ein Bankräuber. Und dieser meinte: »Folgendes, Kollegen, da waren ein Mann und ein Kind. Ich latsche auf die Bremse und auf einmal waren die zwei weg! Wie vom Erdboden verschluckt ... Das ist doch Wahnsinn?!«

Die Polizisten steckten ihre Waffen weg und der mit dem höheren Dienstgrad sagte grinsend: »Nix da, Egon! Wenn du glaubst, du kannst auf Unzurechnungsfähigkeit plädieren, ich schwör's, damit kommst du nicht durch!«

Ein Lichtstrahl von oben und Höll und Lucas landeten direkt vor Hölls Haus, wo Anna vorhin noch gestanden war. Hölls Knie schlotterten, während sich Lucas verwundert umsah, denn seine Freundin war nirgends zu sehen. Irritiert rief er ihren Namen – und gleich darauf trat sie vorsichtig aus einer Hausnische. Für sie waren seit dem letzten Lichtblitz nur Sekunden vergangen. Als sie Höll erkannte, blieb ihr beinahe der Atem weg: »Mein Gott, der Höll!«

Lucas aber beruhigte sie: »Anna, ich glaube, er hat dir etwas zu sagen« – und schon platzte es aus Höll heraus: »Anna, sag deiner Frau Mutter, ich möcht nichts mehr von ihr, ich will auch euer Haus nimmer und dein Vater hat überhaupt nichts gestohlen und ich werde dafür sorgen, dass er sofort freikommt! Ehrenwort!«

»Und Höll«, warf Lucas ein, »noch etwas: Sei nett zu deinem Hund.«

»Ja, besonders nett werde ich sein, der wird mich nicht wiedererkennen. Darf ich jetzt nach Hause?«

Lucas nickte, Höll verbeugte sich mehrmals und murmelte unterwürfig: »Ja, dankschön, aufrichtigen Dank, ich gehe jetzt, dankschön nochmal«, dann verschwand er erleichtert in seinem Haus.

Anna fassungslos: »Wie hast du denn das zusammengebracht?«

Lucas war sich nicht sicher, ob man Höll trauen konnte. Menschen wie er hatten meist nichts als ihren Vorteil im Sinn, daher sagte er: »Noch hat er nicht getan, was er versprochen hat. Aber vielleicht ist da etwas dabei, was uns in jedem Fall helfen kann.« Damit zog er die Zettel, die er bei Höll gefunden hatte, aus seinem Hemd. Dass er sie selber nicht lesen konnte, wollte er nicht preisgeben.

Anna sah sich die Zettel durch und murmelte: »Da sind überall nur Namen und Zahlen drauf – schauen aus wie Rechnungen …« Doch plötzlich hatte sie einen

Zettel in der Hand, der sie aufgeregt sagen ließ: »Aber der da, hast du das gelesen!?« und sie las vor: »Ich bestätige, dass ich für das in den Stall stellen von einem Ross bei der KK 20 Kreuzer von H bekommen hab und deswegen den nächsten Monatslohn nicht haben will.« Mit einem Siegerblick sah sie Lucas an und reichte ihm den Zettel.

Daraufhin Lucas: »KK, damit ist Kathi Kerschbaumer gemeint und H steht für Höll. Unterschrieben war der Zettel aber nur mit zwei Kreuzen. Ob das Beweis genug war?«

***

Am nächsten späten Nachmittag dachte Lucas schon, dass Höll sein Versprechen brechen würde, weil bis dahin noch nichts davon umgesetzt worden war. Er stand versteckt in der Nähe des Gemeindeamtes und beobachtete Anna und Kathi, die ungeduldig davor, in der Nähe eines Einspänners, der dort abgestellt war, und eines angebundenen Pferdes warteten. Nun kam Huber, der Angestellte vom Höll, aus dem Amtsgebäude und stieg auf sein Pferd – gefolgt vom Gendarm Siebinger und Richter Tantinger, welcher streng zu den beiden sagte: »Und erzählts nicht noch mehr herum, dass der Höll böse Geister gesehen haben soll, das wissen eh jetzt schon zu viele, ja!?« Huber nickte und ritt davon, während Tantinger Siebinger ein Zeichen gab, worauf dieser wieder im Gemeindeamt verschwand. Tantinger hingegen stieg – ohne Kathi und Anna eines Blickes zu würdigen – auf seinen Einspänner und fuhr in Richtung Weitwörth davon.

Siebinger schloss die Gefängniszelle auf und knurrte mürrisch: »Raus, Pilenta, raus mit dir! Der Höll hat die Anzeige fallen gelassen. Du bist frei.« Martin konnte es nicht sofort glauben, woraufhin Siebinger brummte: »Was schaust denn so? Ich hab ja auch keine Ahnung, wieso. Vielleicht Weihnachtsamnestie oder so was …«

Unsicheren Schritts trat Martin aus dem Amtsgebäude in den Tag. Sofort stürmten Kathi und Anna zu ihm – sie fielen sich in die Arme und bei Kathi und Anna floss die eine oder andere Freudenträne. Zufrieden schaute Lucas aus der Ferne zu und zog sich zurück. Er wollte die so intensiv herbeigesehnte Wiedervereinigung dieser Familie nicht stören. Er war ja nur Gast.

Auf dem Heimweg sagte Kathi: »Weißt du, wer das gedeichselt hat, Martin? Das war der Lucas. Wie er das angestellt hat, wissen wir nicht. Jedenfalls war der Höll auf einmal lammfromm, wie ausgewechselt – du hast es erlebt, Anna, na erzähl schon!«, worauf Anna begeistert berichtete: »Ihr hättet den Höll erleben sollen, direkt gezittert hat der vor dem Lucas. Ehrlich, ich hab's mit eigenen Augen gesehen!«

»Und wieso hat der so gezittert?«, fragte Martin. Anna durfte ja nicht sagen, was sie wusste, also erwiderte sie ausweichend: »Na, irgendwo hat der Lucas einen Beweis gefunden, dass der Höll lügt. Ganz genau, wie das passiert ist, kann ich …«

Sie war erleichtert, nicht lügen zu müssen, denn ihr Vater unterbrach ihre Erklärung: »Und wo ist der Lucas jetzt?«

Anna: »Er wollte nicht mitkommen. Lob ist oft schlechter zum Aushalten als wie ein Tadel, hat er g'sagt.«

***

Martin und Kathi lagen im Bett. Sie schauten einander an, Kathi strich ihm übers Haar: »Ich hab das Gefühl, jetzt ist es ausgestanden, Martin. Du auch?«

Martin nachdenklich: »Wenn dem Höll nicht wieder was einfallt.«

»Dem fallt so schnell nichts mehr ein«, erwiderte Kathi, »die Leut sagen, er ist nicht mehr ganz bei Trost, redet von eisernen Vögeln, die furchtbaren Lärm machen, von Kutschen ohne Rösser, die am Land und im Wasser fahren, und von irrsinnig großen Libellen und Kutschen, die über Abgründe schweben, und so ganz verrücktes

Zeug.« Und nach einiger Zeit des Nachdenkens fragte Kathi: »Und mit uns? Wie wird das mit uns? Dir hat's der Hilfspfarrer Mohr doch auch gesagt!«

Nach einer Pause meinte Martin: »Kathi, ich bin ein Bergwerkssohn aus Hallein und meine Familie war schon seit jeher protestantisch. Meine Vorfahren haben sich nicht einmal, als die große Protestantenhetze war, aus Salzburg vertreiben lassen. Also entweder die lassen uns heiraten, so wie wir im Glauben verschieden sind, oder wir lassen es bleiben.«

»Das heißt, du willst protestantisch heiraten?«

»Nein, nur will ich nicht, dass wir die Leut damit überraschen. Jede normale Hochzeit wird vorher angekündigt und das möcht ich für unsere auch. Wenn das nicht möglich ist, müssen wir's eben sein lassen. Dass ich nichts lieber tät als dich zu heiraten, das weißt du, seit wir uns kennen.«

***

Unten in der Stube lag Lucas auf der Ofenbank und wälzte sich hin und her. Ihm war bewusst, dass der 23. Dezember vergangen war, ohne dass er dem eigentlichen Sinn seiner Reise in diese Zeit einen Schritt nähergekommen war. Vom Lied *Stille Nacht, heilige Nacht* war bislang kein einziges Mal die Rede gewesen …

Nun öffnete sich leise die Tür, Anna kam herein, legte sich zu Lucas – wie inzwischen gewohnt, Kopf an Kopf – und sagte: »Ich hab die Mama und den Vater durch die Wand reden gehört. Der Vater will nicht heiraten, wenn es nicht vorher angekündigt wird. Der Hilfspfarrer aber sagt, es darf vorher keiner wissen, sonst kann es der Nöstler verhindern. Könntest du da nicht vielleicht mit deiner Flöten was tun?«

Lucas nahm ihre Hand – die beiden mochten sich, sehr sogar – sagte aber bedauernd: »Tut mir leid, Anna, ich fürchte, meine Flöte kann nicht für alles herhalten – ich darf nichts verändern, was vielleicht Auswirkung auf die Zukunft hat, da muss es einen anderen Weg geben. Ich hab eh schon irrsinnig viel riskiert.«

Darauf meldete sich Dreizehn zu Wort. Sie saß am Esstisch und betrachtete verträumt die beiden Kinder: »Alle Achtung, Lucas, du lernst dazu! Zu viel risc – garantiert kein fun! Niedlich die Kleine, was?« Lucas sah sie ungehalten an, worauf Dreizehn meinte: »Schau nicht so, sie mag dich doch auch! Dazu gibt's sogar ein Lied …«

Lucas konnte es nicht fassen: Jetzt singt die auch noch! »*Kann denn Liebe Sünde sein …*«, worauf Lucas mit seinem Schuh nach ihr werfen wollte und sich dazu aufrichten musste. Dreizehn: »Vorsicht, die Kleine schaut zu! Ciao, mach's gut!« – und weg war sie …

Anna, die Lucas irritiert zugesehen hatte, fragte: »Was war denn jetzt los? Hast du einen Geist gesehen?«

»Einen Quälgeist, ja«, antwortete Lucas, »könnte sein. Nein, Quatsch, hab gedacht, da ist eine Maus ...« und wechselte das Thema: »Es ist schon nach Mitternacht, oder?«

»Schon längst! Der Vater muss ja gleich in den Stall zu die Viecher, wieso?«

Lucas, während er aufstand und sich ankleidete: »Heut ist der 24. Dezember ... und ... Anna, ich bin viel zu unruhig, ich muss raus.« Verdutzt schaute ihm Anna zu, wie er sich fertig anzog und dann ohne eine Erklärung abzugeben davoneilte.

***

Ein eiskalter, klarer Morgen dämmerte herauf. Lucas stapfte alleine in Richtung Arnsdorf. Und wieder tauchte seine sporadisch sich zeigende Begleiterin, Dreizehn, auf und stapfte neben ihm her. »Einen wunderschönen guten Morgen, du Held«, tönte sie fröhlich.

»Du kommst immer, wenn es dir passt, oder? Rufen kann ich dich nicht, wenn ich dich mal brauche?«

»Da dürftest du recht haben.«

»Kannst du mir aber wenigstens sagen, wie ich erfahre, wenn ich etwas mache, was die Zukunft verändern würde?«

»Hast du schon wieder was vor?«

»Nein, ich denke nur nach. Der Typ auf dem Motorrad zum Beispiel, den hatte ich ja irgendwie gestoppt. Das heißt, die Polizei wird ihn jetzt erwischt haben.«

Dreizehn blieb gelassen. »Egon? Ach, der hat die Polizei übertölpelt und konnte fliehen.«

»Und was ist mit Martin, der durch mich freigekommen ist?«

»Ist er denn endgültig frei? Traust du dem Höll und dem Richter etwa?«

Lucas zog daraufhin den Zettel hervor, den er beim Höll gefunden hatte: »Natürlich nicht, deswegen hab ich hier noch etwas, was vielleicht hilft. Sag, wieso stellst du eigentlich immer nur Fragen und sagst mir nicht, was du weißt?«

»Das hab ich dir schon erklärt, das darf ich nicht, ich kann dir nur hin und wieder einen kleinen Tipp geben, aber niemals die Problemlösung verraten. Das wäre ein schwerer Regelverstoß. Ich möchte nicht mehr 1313 Jahre zurückversetzt werden, verstehst du? Achtes Jahrhundert, grauenhafte Zeit, überall Mord, Überfälle, Awaren, Franken, Mauren, du hast ja keine Ahnung, wie beschissen der Großteil der ganzen Vergangenheit war: Folterungen, Pest, Cholera, Inquisition … Ich bin sogar einmal in letzter Minute einer Hexenverbrennung entgangen. Diese Ordenspriester waren vielleicht verrückte Typen – wieso die so gierig sein konnten, Menschen brennen zu sehen? Jedenfalls, ich kann diesen Horror nicht mehr brauchen, klar? Noch dazu wo ich jetzt in einer halbwegs friedlichen Gegend gelandet bin.«

Lucas meinte darauf nachdenklich: »Aber das Lied gibt es, es musste also auch komponiert worden sein und es wird heute nach der Metten aufgeführt, oder könnte es sein, dass das gar nicht im Jahr 1818 passiert ist, sondern früher oder später?«

»Merkst du, wie schwer es Geschichtsforscher haben?«

Lucas ärgerte sich über die ausweichende Antwort von Dreizehn. Er hatte gehofft, wenigstens einen Hinweis zum Thema *Stille Nacht* zu bekommen, und jetzt sagte sie: »Da kommt übrigens eine Mitfahrgelegenheit.«

Und tatsächlich: Josef Mohr näherte sich mit seinem Pferdeschlitten und rief Lucas zu: »Ja, Lucas, was ist denn heute schon los? Vorhin bin ich dem Höll begegnet, der mich übrigens fast unterwürfig gegrüßt hat, und du bist auch schon so früh auf den Beinen?«

Sofort war Lucas alarmiert: »Der Höll? Wo ist der hin? Zur Kathi?«

»Nein, Richtung Dorfplatz. Komm, steig auf, ich muss auch zum Gruber, und zwar dringend. Mir ist nämlich was eingefallen. Ich hab vor zwei Jahren eine Art Friedensgedicht geschrieben, zum Andenken an meinen Vater und wegen der furchtbaren Franzosenkriege. Aus dem könnte man vielleicht etwas machen.«

Lucas spitzte sofort die Ohren. Geht also in seiner

Sache doch etwas weiter? Jetzt hatten wir das Jahr 1818 und 1816 wurde der Text zu *Stille Nacht* geschrieben. Die Historiker hatten sich also doch nicht geirrt! In der Hoffnung, Weiteres zu erfahren, stieg er auf den Schlitten und sagte: »Auch wegen dem Frieden zwischen den Religionen? Ja, sowas passt leider immer.«

Während Mohr mit dem Schlitten losfuhr, betrachtete er Lucas nachdenklich: »Manchmal redest du wie ein Erwachsener. Du hast schon viel erlebt, nicht wahr?«

Lucas lenkte ab: »Na ja, geht so. Hat er was gesagt, der Höll?«

»Nein, aber ich kenne seinen Blick«, meinte Mohr, »der führt wieder einmal nichts Gutes im Schilde. So einer lässt keine Gemeinheit aus, wenn er dadurch einen Vorteil hat.« Ganz in Gedanken meinte er dann noch: »Ob dem Gruber bis heute Abend eine Melodie dazu einfallt?«

Lucas spontan: »Glaub schon, dem Herrn Lehrer fällt sicher was ein, aber …«

»Hältst du die Klappe!«, unterbricht ihn Dreizehn, die wieder einmal neben ihm auf dem Kutschbock saß.

»Bin schon still«, sagte Lucas erschrocken.

»Was sagst?«, fragte Mohr.

»Ich wollte sagen, wie schön still es da ist, kein Verkehrslärm und so …« Dreizehn schüttelte den Kopf und Lucas plapperte weiter: »Ich meine, außer uns kein Fuhrwerk weit und breit. So früh am Morgen. Richtig weihnachtlich alles. Die ganze Gegend hier, meine ich. Viel stiller als in der Stadt.«

Dreizehn grinste in sich hinein und Lucas sah sie fragend an:

So schlecht hatte er sich ja gar nicht herausgeredet, war er überzeugt. Mohr aber war doch etwas irritiert wegen Lucas' Vortrag über die Stille. Dazu meinte Dreizehn: »Jetzt denkt dein Chauffeur, dass du vielleicht auch ein kleiner Klugscheißer bist.«

***

Franz Xaver Gruber war auf dem Weg ins Klassenzimmer, als Josef Mohr und Lucas das Schulhaus betraten. Lucas blieb an der Tür stehen, während Mohr ein Stück Papier aus seinem Mantel zog: »Guten Morgen, Franz. Ich weiß, es ist noch sehr früh, aber viel Zeit wirst du eh nicht haben ... Ich bin ein furchtbarer Depp, weißt du das? Das Gedicht da hab ich vor zwei Jahren im Lungau geschrieben und das ist vielleicht genau der Text, der für so ein Ereignis passt.« Er gibt ihm den Text, »da kann nämlich keiner sagen, wir entweihen die Kirchen, und außerdem können das die Lutherischen genauso singen wie die Katholischen. Es gibt zwar eine Zeile mit dem heiligen Paar, aber das wird der Martin schon verkraften. Wir singen es nicht vor dem Hauptaltar und die geweihte Orgel, die lasst du auch in Ruh. Ich begleite unseren Gesang auf der Gitarre. Dir muss jetzt nur noch eine schöne Melodie dazu einfallen.«

Gruber sah ihn ungläubig an: »Eine schöne Melodie in ein paar Stunden? Sepp, das geht nicht! Ich bin nicht der Mozart! Und eine Gitarre in der Kirchen geht schon gar nicht! Damit werden die Spottlieder gegen die Obrigkeit und so unanständiges Zeugs im Wirtshaus begleitet!«

Mohr daraufhin: »Franz, mach dir keinen Druck, schau, ob dir was einfallt zu meinem Gedicht, wenn nicht, müssen wir halt was anderes singen. Aber auf jeden Fall mit Gitarrenbegleitung! Denen muss was in Erinnerung bleiben und die sollen ruhig ein bissel blöd schauen.«

»Sepp, das überleben wir nicht.«

»Köpfen können sie uns nicht«, witzelte Mohr, »zum Scharfrichter hab ich die besten Beziehungen, der ist schließlich mein Taufpate.«

Gruber schüttelte den Kopf: »Was du da vorhast, ist fast schon eine Revolution!«

»Genau das soll es auch sein«, erwiderte Mohr.

Langsam trudelten auch die Schulkinder ein und gingen grüßend an den beiden vorbei ins Klassenzimmer.

Gruber las Mohrs Gedicht und wirkte beeindruckt. Dann sagte er: »Schön, Sepp, wirklich schön«, und Mohr darauf: »Und die einzelnen Strophen sind ziemlich kurz, vielleicht fallt dir dazu doch was ein bis heute Abend, bist ja auch ein recht guter Komponist! Ich hab nämlich irgendwie das Gefühl, Franz, dass dieses Lied dem Frieden im Ort und der ganzen Gegend da sehr guttun tät.«

Gruber merkte, dass eine Vertonung dieses Gedichtes Mohr ein großes Anliegen war, und meinte: »Gut, Sepp, ich werd' was probieren.«

Mohr war zufrieden und Lucas, der mehr oder weniger diskret in der Nähe stehen geblieben war, hatte einige Worte davon mitgekriegt.

Gruber erklärte dann den Schülern, dass heute der Unterricht ausfallen müsse und dass die Kinder sicher nichts dagegen hätten, dass sie jetzt nicht nur heute, sondern auch an den Feiertagen, am Freitag und Samstag und dazu den Sonntag frei hätten, es könne aber sein, dass er den einen oder anderen später zum Notenblätterschreiben brauche – er zeigte auf drei Kinder, meinte, dass diese es nicht weit zur Schule hätten, und bat sie, spätestens um fünf am Abend wieder hier zu ein.

Die Kinder liefen daraufhin freudig nach Hause, vorbei an Mohr und Lucas. Schüler Fritz blieb bei Lucas stehen und konnte sich eine giftige Bemerkung nicht verkneifen: »Na, bist heute ohne deine Braut da? Recht hast, mit so einem Balg möcht ich auch nicht lang was zu tun haben.«

Lucas war auf diese Gemeinheit nicht vorbereitet und starrte Fritz an. Und wieder war Dreizehn neben ihm: »Aber hallo, ich dachte, du bist ein Kavalier?«

»Bin ich auch!« Und schon bekam der um einen halben Kopf größere Fritz von Lucas einen kräftigen Fausthieb in die Magengegend, so dass er vor Schmerz zusammenklappte.

Dreizehn: »Genau das hab ich gemeint.«

Fritz traten die Tränen in die Augen, wozu Gruber sagte: »Recht geschieht dir, Fritz, und jetzt ab mit dir nach Haus und denk darüber nach, wie saudumm du immer daherredest.« Und Fritz eilte mit einer leicht gekrümmten Haltung davon. Mohr erwähnte dazu: »An den Kindern erlebt man, wie die Eltern denken. Aber dann mit unschuldigem Blick in der Kirchen sitzen und scheinheilig beten. Na ja, so sind sie halt, die Leut.«

Und Gruber setzte fort: »Der Frieden wird immer erst nach einem Krieg so wirklich geschätzt ...«

»Einige haben halt schon vergessen, wie schlimm es noch vor drei, vier Jahren war«, ergänzte Mohr und sagte weiter: »Aber Schluss jetzt mit den schwarzen Gedanken, schließlich soll dir ja was Gutes gelingen. Also, Franz, ich mach mich dann wieder auf den Weg. Und viel Glück!«

Lucas sofort: »Darf ich mitkommen? Ich muss den Herrn Lehrer nur noch schnell was fragen.« Er zeigte Gruber den Zettel mit den zwei Kreuzen: »Den Zettel hab ich gefunden. Weiß er, wer die zwei Kreuze gemacht haben könnte?«

Gruber las den Zettel, sagte dann verblüfft: »Das gibt's

ja nicht!« und reichte ihn an Mohr weiter: »Das musst du lesen, Sepp! – Lucas, wo hast du denn den gefunden?«

Lucas wich aus: »Äh, das ist vielleicht eine zu lange Geschichte, Herr Lehrer …«

Gruber darauf: »Erzähl mir jetzt nicht, du bist beim Höll drüben eingebrochen!«

Lucas hob entschuldigend die Schultern.

Gruber wollte nicht weiterbohren und erzählte: »Vor meiner Zeit als Lehrer da soll es einen gegeben haben, der partout nicht lernen wollt. Obendrein haben alle gesagt, er kann nicht bis drei zählen, weil er immer nur zwei Kreuze gemacht hat anstatt drei wie die anderen Analphabeten. Heute noch ritzt er angeblich in jedes Fuhrwerk vom Höll seine zwei Kreuze. Ich rede vom Haslinger, dem Höll seinen Pferdeknecht. Die Leut sagen, das machte er, weil er Angst hat, dass er einmal versehentlich mit einer fremden Kutschen davonfährt.«

***

Mohr und Lucas waren unterwegs in Richtung Kathis Bauernhof. Und schon von weitem konnte man Hölls Kutsche vor dem Wohnhaus erkennen, dazu zwei Reitpferde und ein zweites Gespann.

Als die beiden vor dem Haus ankamen, wurde Martin gerade von Siebinger und einem Soldaten aus dem Haus geführt – Kathi und Anna folgten mit entsetzten Gesichtern. Auf dem Bock der uns schon bekannten, großen Kutsche saß Höll, neben ihm sein Kutscher und Pferdeknecht Haslinger – und auf dem Bock des Einspänners nebenan, Richter Tantinger.

Kaum hatte Mohr seinen Schlitten angehalten, sprang Lucas wütend ab und ging schnurstracks auf Höll zu: »Ich hab's gewusst, dem Höll kann man einfach nicht trauen!«

Höll bekam es sogleich wieder mit der Angst zu tun: »Äh, das ist nicht so, wie es ausschaut. Ich bin nur da, weil ich verhindern wollte, dass der Pilenta schon wieder verhaftet wird. Los, Tantinger, sag was dazu!«

Richter Tantinger hustete verlegen und säuselte unsicher: »Also, wie soll ich sagen. Dass der Herr Höll seine Anzeige zurückgezogen hat, hat vor dem hohen Gericht keine Bedeutung. Rossdiebstahl ist ein Verbrechen und muss bestraft werden.«

»Was hab ich gesagt«, warf Höll ein, »ich kann nichts dafür. Der Herr Richter Tantinger sagt die Wahrheit, weil ...«

Er unterbrach, weil Lucas – so wie auch Mohr – inzwischen suchend Hölls Kutsche umkreiste. Und tatsächlich fanden sie eine Stelle, wo zwei Kreuze eingeritzt waren. Lucas wandte sich nun an Haslinger, hielt ihm den Zettel, den er bei Höll gefunden hatte, unter die Nase, deckte dabei den Text ab und fragte freundlich: »Kann er mir sagen, wer die Zeichen da gemacht hat?«

Haslinger schaute konzentriert auf den Zettel und sagte dann selbstsicher: »Die zwei Kreuze da? Das war ich, ich mach immer nur zwei Kreuze, wieso?«

Nun meldete sich Mohr zu Wort – ohne Zorn, ganz ruhig, wie es in bestimmten Situationen seine Art war: »Habt ihr das alle gehört? Er hat es bestätigt. Und jetzt lese ich euch vor, was noch auf dem Zettel steht ...« Lucas reichte Mohr den Zettel und dieser las vor: »Ich bestätige, dass ich für das in den Stall stellen von einem Ross bei der KK 20 Kreuzer von H bekommen hab und deswegen den nächsten Monatslohn nicht haben will ... KK heißt Kathi Kerschbaumer und H Höll, oder?«

Haslinger beeilte sich, dies zu bestätigen: »So ist es«, worauf ihn Höll zornig anfuhr: »Haltst du dein dummes Maul!«

Mohr dann zum Richter: »Also, Richter Tantinger, ich hoff, er weiß jetzt, wen er zu verhaften hat. Muss ja nicht unbedingt heut, am Heiligen Abend sein, falls der Herr Höll – als so guter Katholik – bei uns in Oberndorf herüben in die Metten kommen möchte.«

Nun herrschte betretene Stille. Weder Tantinger noch Höll noch Siebinger wussten, wie sie sich verhalten sollten. Lucas plötzlich: »Dann ist ja vorläufig alles klar. Ich geh dann wieder. Danke fürs Mitnehmen, Hochwürden«, damit schüttelte er Mohr die Hand, sagte noch:

»Bis heut Abend!«, und flüsterte Mohr zu: »Jetzt müssen wir nur noch den Martin rumkriegen, und das kann ja nicht so schwer sein« und eilte davon.

***

Eine kleine Faust pochte an die Tür des Schulhauses. Elisabeth Gruber kam öffnen: Vor ihr stand Lucas – außer Atem und völlig verschwitzt. »Grüß Gott, Frau Gruber, ich bin lieber gleich wieder zurück. Vielleicht kann ich ja beim Notenschreiben auch ein bisserl helfen.«

»Mein Gott, Lucas«, sagte sie, »ich glaube, so weit ist es noch lange nicht.«

Drinnen in der Stube saß Franz Gruber am Klavichord, der Text von *Stille Nacht* lag vor ihm. Er wiederholte immer wieder ähnliche Tonfolgen, die ganz entfernt schon an das *Stille-Nacht-Lied* erinnerten.

Lucas trat leise ein, begleitet von Elisabeth, die eine Tasse Tee für ihn auf den Tisch stellte und dann den Raum wieder verließ. Lucas hatte begriffen, dass er jetzt, wenn er zuschauen durfte, einen historischen Moment erleben würde. Gruber sah ihn irritiert an – fühlte sich wohl in seiner Konzentration gestört, worauf Lucas sich für seine Anwesenheit entschuldigte: »Ich möchte nicht stören, nur nachher beim Notenschreiben helfen.«

Gruber wirkte nicht sehr hoffnungsvoll: »Noten?

Schön wär's! In weniger als zehn Stunden ein ganzes Lied komponieren ...«

»Ihr müsst nur fest dran glauben«, ermunterte ihn Lucas.

Gruber in Gedanken: »Was sagst du, was soll ich?«

»Glauben. Ganz fest dran glauben müsst ihr. Der Glaube versetzt Berge, heißt es in der Bibel, oder wo ..., glaub ich.«

»Ja, vielleicht versetzt er Berge, der Glaube komponiert aber keine Lieder.« Und als er dann ein paar Töne versuchte, gelangen sie ihm schon etwas besser.

Lucas setzte sich zufrieden auf die Ofenbank und Dreizehn gesellte sich zu ihm: »Gar nicht so übel, wie du das machst. Motivation ist immer gut. Davon versteht der Mann hier am Klavichord auch eine Menge, oder? »Aber ab jetzt hältst du die Klappe, bevor du dich vor Begeisterung verplapperst. Du bist jetzt furchtbar müde und schläfst sofort ein, ja?«

Lucas gähnte daraufhin wie ein Löwe, legte sich auf die Ofenbank und schlief tatsächlich ein. Und Dreizehn verschwand mit einem zufriedenen Lächeln.

***

Die Sonne beleuchtete mit den letzten Strahlen des Tages das Schulhaus in Arnsdorf. Drinnen wurde Lucas, der immer noch auf der Ofenbank tief und fest schlief, durch Klopfen an die Tür geweckt. Neben ihm saß jetzt Frau Gruber. Sie war beim Stricken von Wollhandschuhen, öffnete nun die Tür und ließ drei Schulkinder ein ... Elisabeth zu ihrem Mann, der jetzt einen recht zufriedenen Eindruck machte. »Franzl, die Kinder zum Notenabschreiben wären jetzt da.«

Gruber: »Mein Gott ja. Aber ich brauch euch nicht. Nicht bös sein, Kinder, wir sehen uns dann in der Kirchen zur Metten, ja? Pfiat euch.«

Die Kinder nickten, waren nicht unglücklich darüber, dass sie schon wieder gehen durften, wünschten frohe Weihnachten und liefen nach Hause.

Lucas war hellhörig geworden. Wieso braucht er die nicht zum Notenabschreiben? Hatte er immer noch nichts komponiert? Doch da sagte Gruber: »Das singen wir ja eh nur zweistimmig, der Sepp und ich. Da reicht es, wenn ich's zwei Mal hab. Die Wiederholung vom Refrain mitsingen, dazu braucht es keine Noten, das können die Leut dann auch so. Ist ja kein schweres Lied worden ...«

Gruber hatte also fertig komponiert, Lucas war zufrieden – und er war auch schlau. Er brauchte unbedingt eine Originalversion dieses Liedes und meinte daher unschuldig: »Herr Lehrer, ich geh ja auch heute zur Metten, soll vielleicht ich eine Abschrift von dem Lied machen? Zur Sicherheit? Wer weiß, was alles passiert?« Da hielt ihm Gruber eine Kopie hin und sagte: »Da hast eine, hab's eh zwei Mal abgeschrieben. Zur Sicherheit. Man kann ja wirklich nie wissen ...«

Lucas nahm die angebotene Abschrift ehrfürchtig entgegen und stellte vorsichtig eine Frage: »Entschuldigung, Herr Lehrer, könnt Ihr mir einen Gefallen tun? Wenn Ihr unterschreibt, mit Datum, das wäre sehr freundlich, wenn das geht.«

»Ja, wieso denn das?«

»Tut mir leid, Herr Lehrer, bitte erlaubt mir, das als Geheimnis zu bewahren.«

Gruber zuckte die Achseln, unterschrieb – und überaus zufrieden steckte Lucas die Abschrift vorsichtig unter sein Hemd und fixiert sie fest mit dem Hosenbund ...

***

Es war Heilige Nacht. Kathi und Anna waren fertig angezogen – in schöner Salzburger Tracht – das beste Gewand, welches sie besaßen; es war auch sehr teuer gewesen, Kathis und Martins gesamte Ersparnisse waren dafür aufgewendet worden. Annas Tracht war ihr noch etwas zu groß, nicht mehr so wie das Jahr davor, aber sie kann sie – mit ein paar kleinen Änderungen – die beiden nächsten Jahre wohl auch noch tragen, wenn sie nicht zu schnell wächst.

Ein kleiner Weihnachtsbaum, geschmückt mit Strohsternen und einigen selbstgedrehten Bienenwachskerzen, die warmes Licht verbreiteten, stand auf einer Anrichte. Kathi, Martin und Anna waren um den Tisch versammelt und sangen das von Martin Luther gedichtete Lied: *Vom Himmel hoch da komm ich her.* Dabei blickte Anna immer wieder zur Tür in der Hoffnung, dass Lucas bald nach Hause kam. Und ihr Gesicht erhellte sich, denn abgehetzt, aber frohgemut, eilte Lucas herein, gesellte sich mit an den Tisch und sang die letzten Zeilen mit – anfangs, vom eiligen Gehen, eher noch wie ein Walross schnaubend:

Euch ist ein Kindlein heut' geborn
Von einer Jungfrau auserkorn.
Ein Kindelein, so zart und fein,
Das soll eu'r Freud und Wonne sein.

»Sag, wo warst denn so lang?«, fragte Anna.

»In der Schul, hab dem Lehrer ein bissl geholfen.«

Kathi deutete zum Waschtisch: »Dort hast du noch ein halbwegs warmes Wasser, Seife, Handtuch und ein gewaschenes Hemd.«

Lucas war froh, sich ein wenig frisch machen zu können, bedankte sich, zog das verschwitzte Hemd aus, achtete darauf, die Originalabschrift nicht zu zerknittern, legte sie vorsichtig auf die Ofenbank, wusch sich und zog die bereitgelegten frischen Sachen an. Die Kopie von *Stille Nacht* verstaute er wieder vorsichtig direkt am Körper.

Gewaschen und gekampelt – wie es damals geheißen hat, wenn man auch frisch frisiert war – saß Lucas nun mit Anna, Kathi und Martin am Tisch. Sie wünschten sich gegenseitig frohe Weihnachten, beteten das kurze Tischgebet und löffelten die Suppe, die heute mit etwas Selchfleisch aufgebessert war. Dazu gab es frisches, selbstgebackenes Brot und Apfelmost.

Lucas sah Anna die Anspannung an – und plötzlich sagte sie in die Stille: »Vater, die Mama hat heute früh gesagt, sie geht auf jeden Fall in die Metten. Und ich und der Lucas gehen auch.«

Martin zog seine Stirn in Falten und erwiderte: »Aber ich nicht und jetzt sei still.«

»Es gibt auch ein ganz schönes neues Lied und …«, sagte Lucas. Martins Blick ließ ihn nicht weiterreden. Anna kämpfte mit den Tränen und auch Kathi tat sich schwer, nicht zu weinen.

»Also ich glaube«, sagte Lucas plötzlich, »das wird dir als Feigheit ausgelegt, vielleicht sogar als Schuldeingeständnis, wenn du nicht mitkommst. Bist du feige, Martin?«

Diese freche Frage ließ alle erstarren. Anna und Kathi saßen da, als wären sie festgefroren. Und Martin funkelte Lucas zornig an, atmete tief durch und versuchte, möglichst ruhig zu sagen: »Oha, du wirst ja auf einmal richtig frech! Du magst recht weit sein für dein Alter, aber alles hat seine Grenzen, Lucas!«

Lucas blieb mutig – er musste Martin dazu kriegen, in die Mette zu gehen –, also sagte er: »Fragen können manchmal ganz schön wehtun, nicht wahr? Vor allen, wenn man keine vernünftigen Antworten weiß.«

Es dauerte lange, bis Martin, der zunächst wortlos weiteraß, den Löffel auf den Tisch knallte und nach draußen stapfte.

***

Martin schien sich wieder beruhigt zu haben. Er saß nun, eingewickelt in eine Decke, auf der Hausbank, rauchte Pfeife und schaute zum sternenklaren Himmel empor.

Kathi und Anna – jede mit einem Umhang und einer Laterne in der Hand – kamen aus dem Haus. Martin weigerte sich, sie anzusehen, und brütete vor sich hin.

»Also, Martin, wir gehen dann …«, sagte Kathi.

Keine Reaktion – Martin paffte stur den Rauch aus seiner Pfeife in die kalte Luft. Nun kam auch Lucas, ebenfalls mit einer Art Lodenumhang, ähnlich einem Poncho, aus dem Haus. Nachdem Martin immer noch keine Anstalten machte mitzugehen, nahm Kathi Annas Hand und sagte: »Kommt's, Kinder!«

Die drei gingen ohne sich nochmals umzudrehen in Richtung Oberndorf, doch Lucas konnte es sich nicht verkneifen zu sagen – so, dass es auch Martin hören konnte: »Da strampeln sich ein paar Leute tagelang ab, um was Gutes zustande zu bringen – und gerade der, um den es geht, lasst dann alle im Stich …«, und Anna und Kathi flüsterte er zu: »Nicht zurückschauen! Das hat schon der Frau vom Lot kein Glück gebracht.«

»Ist das die, aus der dann ein Stein geworden ist?«, fragt Anna.

»Ja, das ist die«, antwortet Kathi, »aber zu Sodom und Gomorra haben wir's bei uns schon noch ein bissel hin.«

***

Es war ein friedliches, romantisch schönes Bild, wie in dieser sternenklaren und mondhellen Nacht die Bewohner von Oberndorf, Händler, Handwerker, Bauern, Salzachschiffer und Schiffbauer, ihre Frauen und Kinder, aus allen Himmelrichtungen zur Sankt-Nicola-Kirche pilgerten, die an der großen Biegung lag, die der Salzachfluss um die Stadt Laufen machte und Oberndorf von ihr trennte. Viele trugen Laternen, die ihnen den Weg leuchteten. Darunter waren auch Kathi, Anna und Lucas …

***

Die Kirche war bis auf den letzten Platz gefüllt. Lehrer Grubers geschickte Hände bewegten die Tasten der Kirchenorgel, während Kinder den Blasebalg bedienten. Pfarrer Nöstler hatte das Schlusslied der Christmette angestimmt. Es klang sehr feierlich, wie sie allesamt sangen:

Alles, was dich preisen kann,
Cherubim und Seraphinen
stimmen dir ein Loblied an,
alle Engel, die dir dienen,
rufen dir stets ohne Ruh:
»Heilig, heilig, heilig!« zu.

Plötzlich kam Lucas aufgeregt zu Gruber auf die Empore und flüsterte ihm etwas ins Ohr.

Kathi und Anna standen links, auf der sogenannten Weiberseite und sangen mit. Beide wirkten traurig – aber nicht, weil die Frauen neben ihnen Distanz zu ihnen hielten; das waren sie ja gewohnt. Doch jetzt trauten sie ihren Augen nicht – und Pfarrer Nöstler riss Mund und Augen auf, denn Hilfspfarrer Josef Mohr kam im Messgewand mit Martin Pilenta aus der Sakristei. Beide blieben dann vor dem Altar stehen, so dass die gesamte Kirchengemeinde sie bestaunen konnte! Ein bekennender Protestant damals in einer katholischen Kirche, das war schon eine kleine Sensation.

Gruber brach nun mitten im Lied ab, was viele irritierte Blicke hinauf zur Orgel zur Folge hatte. Dann trat er an die Brüstung und sprach laut, dass es durch die ganze Kirche hallte: »Liebe Kirchengemeinde, ihr kennt mich ja alle mehr oder weniger gut. Wenn ich euch jetzt bitte, noch ein bisserl zu bleiben, dann tut's ihr mir sicher den Gefallen, oder? Es gibt heut nämlich außer der Geburt Christi noch was anderes zu feiern. Ich komm jetzt zu euch runter.«

Pfarrer Nöstler und die Kirchenbesucher wussten nicht, was sie davon halten sollten. Für Nöstler jedenfalls war es unerhört, dass jemand anderer als er in seiner Kirche etwas ankündigte; noch dazu etwas, von dem er nichts wusste. Seinen Unmut lautstark kundzutun, vor so vielen Leuten, traute er sich dann aber doch nicht. Die Leute sollten ruhig denken, das sei mit ihm verabredet – daher wandelte sich auch sein Gesichtsausdruck von Ärger in zerknirscht wohlgefälliges Grinsen.

Während Gruber die knarrende Holztreppe zum Hauptschiff hinunterstieg, trat Mohr mit Martin vor die mit großen Figuren bestückte und akribisch ausgestattete Krippe, die im Seitenschiff der Kirche aufgestellt war, und rief: »Katharina Kerschbaumer, darf ich dich zu mir bitten?«

Wie betäubt zwängte sich nun Kathi, Anna an der Hand, durch die neugierig blickenden Leute, welche ahnten, dass jetzt etwas geschehen würde, worüber man sich tagelang das Maul zerreißen konnte. Oder müsste man sich danach etwa schämen und sich daher besser darauf einstellen, Positives zu verbreiten? Und es geschah in der Tat Besonderes: Den Protestanten-Martin zum Beispiel hatten sie noch nie in der Kirche gesehen, immer nur draußen auf irgendeinem Platz, wenn er Theater spielte – und das war ja immer ganz lustig, im Gegensatz zu seinem »lutherischen« Leben, dachten viele.

Martin war bei der Krippe angekommen und sah nun Kathi mit ernstem Gesicht entgegen. Wunderschön sah sie aus in ihrer Tracht – und stolz war sie, wie sie jetzt durch die Reihen der Missgünstigen schritt. Und Anna tat es ihrer Mutter nach. Nun schämte sich Martin beinahe, so stur gewesen zu sein. Diese beiden hatten lange genug gelitten. Zudem liebte er sie über alle Maßen. Als Kathi und Martin dann beieinanderstanden – zuerst wussten sie nicht recht, wie sie sich verhalten sollten –, gesellten sich Elisabeth und Franz Xaver Gruber als Trauzeugen hinzu. Lucas trat währenddessen zu seiner Anna, die aufgeregt das etwas improvisierte Geschehen beobachtete. Um sie zu beruhigen, nahm Lucas ihre Hand, was Anna dankbar annahm.

Mohr zögerte keine Sekunde und sagte laut, so dass es jeder in der Kirche hören konnte: »Martin Pilenta, ich frage dich, willst du Katharina Kerschbaumer zu deinem Weibe nehmen, ihr zur Seite stehen in guten und in bösen Tagen, bis dass der Tod euch scheidet, so antworte mit: Ja, ich will.«

Martin antwortete, indem er Kathi fest und verliebt ansah und endlich auch ein Lächeln zeigte: »Ja, Kathi, ich will.«

Mohr wandte sich dann Kathi zu: »Katharina Kerschbaumer, ich frage dich, willst du Martin Pilenta zu deinem Manne nehmen, ihm zur Seite stehen in guten und in bösen Tagen, bis dass der Tod euch scheidet, so antworte auch du mit: Ja, ich will.«

Längst kullerten Tränen über Kathis Gesicht, aber sie lächelte glücklich und befreit: »Ja, ich will. Und wie ich will!«

Und auch Anna konnte ihre Freudentränen nicht zurückhalten, ja sogar Lucas bekam feuchte Augen – aber alle strahlten übers ganze Gesicht.

Pfarrer Nöstler aber wirkte wie hypnotisiert. Und auch Höll, der in der letzten Reihe saß, konnte nicht fassen, was hier gerade geschah.

Mohr sprach nun die ersehnten Worte: »Dann erkläre ich euch für Mann und Frau. Und was euer beider Gott verbindet, das darf der Mensch nicht trennen«. Dann wandte er sich an die Gemeinde: »So, und zur Ehre unseres gemeinsamen Gottes und zu Ehren dieses Brautpaares hier singen Franz Xaver Gruber und ich jetzt ein Lied. Jeder, der möcht, kann die Wiederholung des Refrains mitsingen. Es ist nicht schwer, ihr werdet sehen.«

Während sich Kathi die Tränen abtupfte, Martin ganz fest ihre Hand drückte, sie dann küsste und zwei Ministranten sie anschließend zu bereitgestellten Stühlen führten, griff Mohr hinter die Krippe, zog seine Gitarre hervor und stimmte sie kurz. Als Nöstler den Gitarrenklang hörte, den Klang dieses in einer Kirche geächteten Instruments, welches er wegen der Kirchenbesucher, die ihm die Sicht nahmen, nicht orten konnte, eilte er zur Kanzel hoch und sah nun, wer die Gitarre in der Hand hielt. Auch ermuntert durch das ablehnende Raunen einiger in der Kirche zischte er: »Das gibt's ja nicht! Der Mohr in meiner Kirchen mit einer Gitarre!« Als er aber merkte, dass ihn kaum jemand beachtete und sich alle verblüfft auf seinen Hilfspfarrer konzentrierten, ersparte er sich lautstarken Protest.

Dreizehn hatte sich inzwischen unerwartet, aber diskret neben Lucas gestellt: »Hallo, mein Freund, vielleicht interessiert es dich. Ich habe mich bei meinen Leuten erkundigt. 1818 ist tatsächlich ein Junge in Oberndorf aufgetaucht. Er war aus Salzburg, hatte einiges durcheinandergewirbelt und ist dann weitergezogen. Wohin, weiß heute keiner mehr. Wir zwei kriegen also nicht das geringste Problem – wenn du nicht noch irgendeinen Mist baust, zum Beispiel wegen der Kleinen da neben dir.«

Lucas schaute zu Anna und wusste, was sie meinte. Er wird sie verlassen müssen und wohl nie wiedersehen.

Dreizehn aber hatte noch etwas auf Lager: »Und jetzt eine kleine Einlage.« Sie schnippte mit den Fingern und als ob er auf einer Springfeder gesessen hätte, schnellte

Höll in die Höhe und rief: »Ein Hoch dem Brautpaar und alles Glück auf Erden! Hoch, hoch, hoch!«

Alle sahen verwundert zu ihm – und er selber wunderte sich am meisten über seinen Ausbruch. Aber auch Pfarrer Nöstler, Richter Tantinger und deren Anhang starrten ihn mit besonderer Verwunderung – ja sogar Verachtung – an und Siebinger entschlüpfte das Wort: »Arschkriecher …«, worauf er vom Nachbarn den Ellbogen in die Rippen bekam.

Das Gitarrenvorspiel war inzwischen zu Ende, es wurde mucksmäuschenstill in der Kirche, man hätte die berühmte Stecknadel fallen gehört. Und jetzt erklang zum allerersten Mal das Lied *Stille Nacht, heilige Nacht* – zweistimmig vorgetragen von Franz Xaver Gruber, Bass, und Josef Mohr, Tenor. Sie sangen es traumhaft schön:

Stille Nacht! Heil'ge Nacht!
Alles schläft; einsam wacht
Nur das traute heilige Paar.
Holder Knab im lockichten Haar,
Schlafe in himmlischer Ruh!
Schlafe in himmlischer Ruh!

Und tatsächlich: sämtliche Kirchenbesucher sangen die Wiederholung des Refrains:

Schlafe in himmlischer Ruh!
Schlafe in himmlischer Ruh!

Ein schöneres Lied, welches darüber hinaus eine absolut versöhnliche, friedliche Stimmung erzeugte, hatte diese Kirchengemeinde noch nie gehört. Lucas, das Brautpaar, Anna – und sogar Dreizehn – hatten eine Gänsehaut – wie viele Kirchenbesucher auch. Josef Mohrs Absicht, einen unvergessenen Eindruck zu hinterlassen, schien sich voll zu erfüllen.

Stille Nacht! Heilige Nacht!
Gottes Sohn! O wie lacht
Lieb' aus deinem göttlichen Mund,
Da schlägt uns die rettende Stund'.
Jesus in deiner Geburt!
Jesus in deiner Geburt!

Stille Nacht! Heilige Nacht!
Die der Welt Heil gebracht,
Aus des Himmels goldenen Höhn
Uns der Gnaden Fülle lässt sehn
Jesum in Menschengestalt,
Jesum in Menschengestalt

Stille Nacht! Heilige Nacht!
Wo sich heut alle Macht

Väterlicher Liebe ergoss
Und als Bruder huldvoll umschloss
Jesus die Völker der Welt,
Jesus die Völker der Welt.

Stille Nacht! Heilige Nacht!
Lange schon uns bedacht,
Als der Herr vom Grimme befreit,
In der Väter urgrauer Zeit
Aller Welt Schonung versprach,
aller Welt Schonung versprach.

Stille Nacht! Heilige Nacht!
Hirten erst kundgemacht
Durch der Engel Alleluja,
Tönt es ferne sowie auch nah:
Jesus der Retter ist da!
Jesus der Retter ist da!

Während Gruber und Mohr dieses tief in die Herzen der Menschen dringende Lied völlig schnörkellos und schlicht sangen, hielten Martin und Kathi immer noch fest ihre Hände. Und als sich dann auch Anna zu ihnen gesellte, hatten alle drei Tränen der Rührung in den Augen, auch Lucas – und sogar Dreizehn. Viele Taschentücher und Ärmel auch einer stattlichen Anzahl von Kirchenbesuchern wurden feucht. Doch niemand schämte sich seiner Tränen und schon gar nicht für dieses befreiende Gefühl.

Langsam traten die Kirchenbesucher zu Kathi und Martin, um ihnen die Hand zu drücken und Glück zu wünschen, wie es auch damals der Brauch war. Und einige entschuldigten sich sogar für ihr früheres Verhalten.

Als Mohr das Lied mit der Gitarre ausklingen ließ, wusste Lucas, was er jetzt zu tun hatte: Er musste Anna und ihren Eltern Lebewohl sagen. Er flüsterte Anna zu – hatte dabei einen Kloß im Hals: »Ich muss dann nach Hause, Anna, okay?«

Anna hatte es schon geahnt – und jetzt noch mehr Tränen in den Augen: »Nein, nicht okay.«

»Anna, ich geh nicht gern, und ich weiß, dass du einmal sehr glücklich sein wirst. Aber vielleicht lassen sie mich dich ja für ein paar Tage mitnehmen?«

Dreizehn stand in seiner Nähe und schüttelte den Kopf. Und Anna sagte mit leiser Stimme: »Lieber nicht. Ich kann dort, wo du hingehst, ja eh nicht bleiben.« Dann küsste sie Lucas ganz fest auf den Mund. Dass man ihr, dem zwölfjährigen Dirndl, dabei verwundert zusah, war ihr jetzt völlig egal. Lucas bekam beinahe keine Luft, so fest drückte sie ihn dann noch und sagte eindringlich: »Los jetzt, mach schnell, bringen wir's hinter uns«, worauf Lucas sagte: »Grüß deine Eltern und den Hilfspfarrer und den Lehrer …« Anna nickte schweren Herzens.

Lucas nahm Arragoz zur Hand und sagte: »Mozarts

Wiegenlied, das singt meine Mutter am liebsten.« Er schaute Anna ein letztes Mal an, dann drückte er ihr noch einen schnellen Kuss auf den Mund und flüsterte: »Arragoz – meine Mutter – Gegenwart« und spielte die ersten Töne des Mozart-Wiegenlieds *Schlafe mein Prinzchen*, der vertraute Wind wehte durch die Kirche – das Kirchentor flog dadurch auf – und lenkte die Blicke der Anwesenden von Lucas ab, der wundersame Ton erklang und ein gleißender Lichtstrahl schoss durch die Kirche und darüber hinaus hinauf zu den Sternen.

Mit Tränen in den Augen wandte sich Anna an ihre Eltern: »Mutter, Vater, der Lucas hat unbedingt schnell zu seinen Eltern aufbrechen müssen. Er lasst euch ganz schön grüßen ...« Während sich ihre Eltern verwundert über die schnelle Abreise von Lucas anblickten, bemerkte Anna aus den Augenwinkeln, dass jemand sie freundlich ansah: ein Junge, etwa in ihrem Alter, den sie noch nie vorher gesehen hatte ... Sofort schaute sie von ihm weg – so schnell hüpften Annas Gefühle nicht von einem zum anderen, und schon gar nicht, weil sie jetzt kein Balg mehr war, sondern die stolze Tochter eines verheirateten Paares.

III.
Salzburg, Gegenwart

Ein Lichtstrahl über der Stadt Salzburg und Lucas stand wieder in seiner Kammer in der Schratt'schen, fahrenden Alm. Ein Blick durchs Fenster auf die Fahrzeuge und die Leute, die draußen zu sehen waren, bestätigte ihm, dass die Zeit stimmte, in der gelandet war. Sogar sein Wurstbrot lag noch da und war genauso frisch wie vor seiner Zeitreise, wie er feststellen konnte, als er vorsichtig hineinbiss und es dann aufaß, während er schnell seine Kleider aus der Vergangenheit auszog. Dann nahm er vorsichtig die Abschrift der Originalversion von *Stille Nacht* an sich, legte sie so in die alte Hose, dass sie nicht knittern konnte, und schlüpfte in frische Unterwäsche, Hemd, Pulli und Jeans. Die alten Kleider schob er vorsichtig, als wären es rohe Eier, unter sein Bett. Dann hielt er kurz inne und versuchte seine Wehmut wegen des immerwährenden Abschieds von Anna und den anderen Wegbegleitern aus längst vergangener Zeit abzuschütteln, was so schnell nicht gelingen mochte. Dazu waren seine Gefühle doch zu stark, wie er feststellen musste – auch zu Annas Eltern, zu Mohr und zu Gruber.

Aber spannend wurde es jetzt allemal: Hatten seine Eltern gemerkt, dass er weg war? Schafft er es, so zu tun, als sei überhaupt nichts Aufregendes passiert? Etwas von seinem Abenteuer zu verraten, wäre nicht gut für ihn – so hatte er die Warnungen des alten Alachim und der etwas hyperaktiven, aber lustigen Dreizehn verstanden. Er sammelte sich, musste kräftig durchatmen, seine Gedanken noch einmal sortieren ... und dann raus zu den Eltern. Er konzentrierte sich, öffnete die Tür zum Dusch- und Toilettenraum und dann die zur Wohnküche und war bemüht, sich so zu verhalten, als sei überhaupt nichts geschehen.

Lucas' Eltern, Peter und Maria, saßen genauso am Tisch, wie er sie verlassen hatte. Peter blickte auf die Uhr: Es waren kaum mehr als drei, vier Minuten vergangen, seit Lucas sich in sein Zimmer zurückgezogen hatte. Lucas fragte: »Hat sich irgendwas hier verändert? Besser gesagt, wie lange sitzt ihr schon so?«

»Was ist los?«, fragte Peter irritiert zurück, »bastelst du an einem Tagesablaufplan? Du bist in deine Kammer, hast dich umgezogen – keiner weiß, wieso – und bist jetzt wieder da. Komm her!«

Lucas ging zu seinem Vater, der ihm die Hand auf die Stirn legte: »Was sag ich, der hatte Fieber!«

»Quatsch«, entgegnete Lucas, »ich hab kein Fieber, mir ist nur etwas heiß. Aber jetzt etwas ganz Wichtiges: Fragt mich nicht, woher, aber ich weiß jetzt haargenau, wie *Stille Nacht, heilige Nacht* das erste Mal aufgeführt wurde. Wenn also der Rhomburg etwas Hinterhältiges mit uns vorhat, wird er ganz schön durch die Finger schauen.« Lucas setzte sich an seinen Platz und biss genussvoll in eine Semmel, während ihn seine Eltern irritiert beobachteten.

»Hey, ist das gut, in so eine Semmel hab ich schon lange nicht mehr reingebissen …« – und als er die Blicke seiner Eltern bemerkte, ergänzte er: »Na ja, seit 24 Stunden, mindestens.«

***

Die Schratt-Familie fuhr die Landstraße entlang – ein Stück parallel zur Lokalbahn – in Richtung Oberndorf, ihrem großen Auftritt entgegen.

Am Platz, wo sich die Stille-Nacht-Kapelle befindet, hatte man den Wohnlaster abgestellt; gleich in Nähe der Salzach, wo seit einigen Jahren ein Damm vor Überschwemmungen schützt und von dem aus man wunderbar den Salzachbogen und darüber die Stadt Laufen sehen kann. Lucas hatte ein eigenartiges Gefühl, als er mit seinen Eltern hier ankam. Seinem persönlichen Zeitgefühl nach stand hier vor kurzem noch die schöne alte Sankt-Nicola-Kirche – und jetzt nur noch eine Kapelle. Traurig dachte er an Mohr und Gruber, an Annas Eltern und vor allem an Anna, immer wieder ging sie ihm durch den Kopf. Ob ihm jemals in seinem Leben ein ähnlich liebenswertes Wesen begegnen würde? Er sah sich um und ließ Gedanken in sich aufkommen, die so gar nicht zu einem Zwölfjährigen passten: Wie vergänglich doch alles ist!

Die Kirche, die Lucas kannte, hatte im Jahre 1906 abgerissen werden müssen, da sie durch mehrere Hochwasser und Regulierungsfehler solche Schäden erlitten hatte, dass nicht mehr sicher war, wie lange sie noch heftigeren Naturereignissen standhalten würde. Die neue Kirche steht jetzt auf sicherem Boden im Zentrum von Oberndorf.

Der Wohnlaster der Familie Schratt wurde fürs Fernsehen geputzt und poliert, dass er glänzte wie neu. Die Bühne des Lasters war bereits ausgefahren, die weihnachtliche Dekoration aufgebaut. Überall standen TV-Kameras und hingen Mikrophone. Ein Übertragungswagen, voll verkabelt, mit Satellitenschüssel auf dem Dach stand gleich in der Nähe. Dem Laster gegenüber – am Hügel, auf dem die Stille-Nacht-Kapelle thront, war eine Tribüne aufgebaut, die sich langsam mit Publikum füllte. Musiker und Sänger in Tracht schwirrten herum. Heizgeräte versuchten die Bühne einigermaßen zu wärmen. Fernsehleute verschwanden im Cateringzelt, andere kamen heraus.

Peter Schratt – in feiner Tracht – stimmte vor seinem

Häuschen, so gut es bei dem Lärm möglich war, Lucas' Gitarre.

Mitten auf der Bühne standen die Wildgrubers, fünf Frauen und drei Männer, und sangen zur Probe die letzten Takte von *Jingle Bells*. Ein Aufnahmeleiter eilte herbei, klopfte Peter leicht auf die Schulter und sagte: »Ihr seid die Nächsten! Die drei Lieder, die ihr vorher singt, interessieren unseren Regisseur jetzt für die Probe nicht – er weiß, dass ihr die könnt. Zum Auspegeln reicht ihm euer Schlusslied, und das ist …«, er schaute in seinen Ablaufplan und sagte: »*Stille Nacht*, eh klar, was sonst«, und eilte weiter.

Peter klopfte an die Tür der Hütte und teilte Lucas mit, dass er jetzt dran wäre, es ginge im Moment nur um das zweistimmige *Stille Nacht*. Lucas trat aus der Hütte – ebenfalls in Tracht. Peter vergewisserte sich noch einmal: »Lucas, und du bist hundertprozentig sicher, dass die Version, wie wir das Lied geübt haben, genau dem Original entspricht?«.

Lucas souverän: »Tausendprozentig, also nicht nervös werden, Paps.«

Während die beiden warteten, bis die Wildgrubers zu Ende gesungen hatten, gesellte sich Maria zu ihnen. Das Lampenfieber der Familie war noch nie größer als jetzt. Auch weil man nicht wusste, was Rhomburg ausbrüten würde, um an ihre alten Instrumente zu kommen – oder bereits ausgebrütet hatte …

Wie aufs Stichwort kam Rhomburg aus dem Cateringzelt und wartete süffisant lächelnd auf ihren Auftritt. Die Liveübertragung durfte nicht gestört werden, daher würde er während der Probe eingreifen. Kunz gesellte sich zu ihm und meinte: »Jetzt sind gleich die Schratts dran, zum letzten Mal mit ihren schönen Instrumenten, Chef.«

»Ich kenn das Programm, Kunz – und hören Sie endlich auf mit Ihrer unangenehmen Schleimerei!«

Sofort zog sich Kunz zurück und widmete sich dem Studium seines Ansagetextes, denn er war – wohl aus Kostengründen – auch der Moderator.

Die Wildgrubers blieben – nachdem sie zu Ende gesungen hatten – auf der Bühne stehen. Sie sollten den Chor für die Wiederholung des Refrains von *Stille Nacht* bilden.

Die Zuschauer applaudierten, worauf Kunz auf die Bühne eilte und sich ans Publikum wandte: »Also, Leute, wenn ihr das Applaus nennt, was ich da gerade gehört hab, können wir die Sendung vergessen. Das war zwar nur eine Probe, ich brauch trotzdem vollen Enthusiasmus, klar? Also los, ein Test!« Und das Publikum machte brav, was er gefordert hatte, und applaudierte, dass die Tribüne wackelte. »Gut, schon besser, das bitte konservieren, wenn's geht!«

Peter wandte sich an seine Frau und meinte: »Merkst du's, Maria? Wenn die bei uns wie wild klatschen, heißt das noch lange nicht, dass es ihnen gefallen hat.«

»Wir wissen aber trotzdem, was wir draufhaben«, sagte Lucas, der seinen Vater auch gehört hatte.

Kunz sprach dann ins Mikro: »Und weiter geht's mit dem Höhepunkt des Abends, den wir jetzt bei der Ablaufprobe vorziehen: *Stille Nacht* von Josef Mohr und Franz Xaver Gruber, vorgetragen von Peter und Lucas Schratt. Zu den anderen Liedern, die bei der Live-Sendung dann davor gesungen werden, kommt auch die Mutter, Maria Schratt, dazu. – Darf ich bitten: *Stille Nacht*!«

Kunz trat ab, Auftrittsapplaus, Lucas und Peter stellten sich mitten auf die Bühne und konzentrierten sich.

Stille.

Peter gab den Einsatz und Lucas begann gekonnt mit dem Gitarrenvorspiel. Auf dieser wunderbaren Gitarre klang es richtig schön. Maria stand am Bühnenrand. Stolz beobachtete sie ihren Sohn – nervös hingegen Rhomburg, der lauernd vor dem Cateringzelt stand und in sich hineinlächelte. Das Vorspiel war zu Ende, Peter und Lucas begannen zweistimmig zu singen, Peter übernahm den Part von Gruber, also den Bass, Lucas die Stimme von Mohr. Er hatte natürlich keine solche Tenorstimme, aber er sang in derselben Tonart nach exakt derselben Melodieführung:

Stille Nacht! Heil'ge Nacht!
Alles schläft, einsam wacht
Nur das traute heilige Paar.

Holder Knab im lockichten Haar,
Schlafe in himmlischer Ruh!
Schlafe in ...

Mit lauter Stimme unterbrach Rhomburg: »Moment! Stopp! Liebe Schratt-Familie, ich würde bitte gerne die Originalfassung von euch hören.« Er wandte sich ans Publikum, welches auf die Unterbrechung mit Murren reagierte: »Bitte verzeihen Sie, ich darf mich kurz vorstellen: Alfons Rhomburg, ich bin der Veranstalter dieser Show. Lieber Vater und Sohn Schratt, ihr singt es ja recht schön, aber wie gesagt, gerade bei diesem Lied hätte ich dem Publikum gerne die Originalfassung präsentiert.«

Darauf Lucas siegesgewiss: »Das ist die Originalfassung, Herr Rhomburg.«

Rhomburg näherte sich der Bühne und sagte so leise, dass nur Lucas, Maria und Peter es hören konnten: »Habt ihr den Vertrag nicht gelesen? Darin steht, dass ihr beweisen müsst, dass eure Version die Originalfassung ist – nicht ich!«

Lucas cool: »Kein Problem, dann werde ich es eben beweisen.« Er lächelte und eilte in die Hütte.

In seiner Kammer griff er unters Bett und suchte und schaute darunter – und fand zwar Kleider, aber die, die er anhatte, bevor er sich im Jahre 1818 auf Martins Theaterkarren umgezogen hatte, nicht aber jene, mit denen er aus der Vergangenheit zurückgekommen war. Lucas konnte nicht verstehen, was passiert war. Plötzlich saß Dreizehn auf seinem Bett: »Tja, Pech, Lucas. Es war schon ein Fehler, dass du mit den alten Klamotten hier gelandet bist, die mussten also schnell wieder zurück, bevor sie hier jemand sieht. Und deine eigenen mussten schnell wieder hierher.«

»Aber die Originalnoten!«, sagte Lucas aufgeregt, »der Originaltext mit der Unterschrift vom Lehrer Gruber war in der Hose!«

Dazu Dreizehn: »Das ist dann wahrscheinlich immer noch in dieser Hose«, worauf Lucas wütend wurde: »Mist! So ein Mist!«

Dreizehn blieb cool: »Aufgeben tut man einen Brief, mein Freund, oder siehst du das anders? Also los, zeig diesem Widerling, was du draufhast! Dazu ein Tipp: Könnte es sein, dass man damals den andern Kotzbrocken, diesen Höll, in ein dunkles, schreckliches Verlies geworfen hat?«

Lucas dachte nach, schrieb dann schnell etwas auf einen Zettel und eilte mit der Flöte in der Hand aus seiner Kammer, trat hinaus auf die Bühne und sagte beruhigend zu seinen Eltern: »Ich verspreche euch, dem Rhomburg wird das Grinsen jetzt vergehen … bin gleich wieder da.«

Lucas atmete tief durch, sprang von der Bühne – und als wäre es ein Gang aufs Klo, ging er gelassen auf Rhomburg zu und flüsterte ihm ins Ohr: »Ich zeig Ihnen jetzt was, okay?«

»Wie? Was willst du?«

»Arragoz, 25. Dezember 1818, Oberndorf, Höll!«,

sprach Lucas, packte Rhomburg am Ärmel, setzte die Flöte an und schnalzte mit der Zunge, genau wie es Höll immer getan hatte.

Der vertraute Wind kam auf, der inzwischen gut bekannte Ton war zu hören, ein Lichtstrahl fuhr in den Himmel und Rhomburg und Lucas waren weg.

Gegen Hölls aktuellen Aufenthaltsort war der Gemeindekotter, in dem Kathi und Martin weggeschlossen waren, eine gemütliche Stube. Höll hatte verrostete Handschellen an den Hand- und Fußgelenken, die mit langen Ketten an den glitschig grünen Mauern befestigt waren. Ein winziges Loch in der Wand ließ nur Spuren von Tageslicht herein. Auch die Schuhe hatte man ihm weggenommen. So kauerte er, um nicht mit nackten Füßen auf dem kaltnassen Lehmboden stehen zu müssen, mit angezogenen Beinen auf einer morschen Holzpritsche, die jederzeit auseinanderzubrechen drohte. Ekeliges Getier krabbelte herum: Spinnen, Käfer, Schaben und auch Ratten. Es roch nach Schimmel, Elend und Angst.

Höll versuchte gerade ein paar Krümel von einem steinharten Stück Brot zu nagen, als ihn heftiger Wind und ein greller Lichtstrahl an die schlimmsten Minuten seines Lebens erinnerten. Und nun stand Lucas schon wieder vor ihm – sogar mit Begleitung! Als Höll ihn erkannte, traf ihn fast der Schlag: »Nein, nicht du schon wieder! Geh weg, verschwinde!«

»Jaja, Höll«, sagte Lucas ruhig, »jetzt hat ihn doch die Gerechtigkeit voll im Griff.«

Höll stammelte: »Jawohl, da war auf einmal ein anderer Richter und hat den Tantinger abgesetzt.« Dann starrte er Rhomburg an, der wie versteinert neben Lucas stand. Nur seine Augen waren in Bewegung und tasteten den unheimlichen Ort langsam von oben bis unten ab. »Und wer ist der da?«, fragte Höll.

Lucas wandte sich an Rhomburg: »Wollen Sie es ihm sagen?«

Rhomburg hatte es im wahrsten Sinne des Wortes die Stimme verschlagen – er konnte nur noch krächzen: »Rhomburg. Ich bin Rhomburg. Wo sind wir? Wer ist das?«

Lucas antwortete: »Ein Gauner ist das. Ein reicher Gauner wie Sie. Und weil er so alleine ist, hat er sicher nichts gegen Gesellschaft.«

Höll zitterte jetzt wieder am ganzen Körper: »Nein, bitte nicht. Ich brauch keine Gesellschaft.«

Lucas zu Rhomburg: »Er mag Sie nicht, merken Sie's? Ich könnte Sie trotzdem hier lassen – und zwar für immer. Wir sind jetzt im Jahre 1818, nur damit Sie Bescheid wissen.«

Rhomburg reagierte entsetzt: »Das glaub ich nicht, sowas ist doch gar nicht möglich.«

Lucas daraufhin: »Ich stelle jetzt eine Frage: Was ist im Moment Ihre Meinung zur Originalfassung eines bestimmten Liedes?«

»Das weiß ich nicht«, antwortete Rhomburg, »ich kenne doch nur die Abschriften.«

»Na gut, dann kann man nichts machen, ich verabschiede mich jetzt … Frohe Feiertage euch beiden und einen guten Rutsch ins Jahr 1819.«

Lucas setzte die Flöte an … und plötzlich stand Dreizehn aufgeregt neben ihm: »Hej, mach keinen Quatsch, den darfst du nicht hierlassen! Du darfst auf keinen Fall etwas verändern, schon vergessen!«

Lucas flüsterte so leise, dass es die beiden Männer nicht hören konnten: »Wieso denn auf einmal so ängstlich? Ich weiß ja, dass er nicht hierbleiben darf – aber er weiß es nicht.«

»Oh Verzeihung, habe überreagiert, trotzdem: Du kannst einen schon ganz schön aufregen, junger Mann!«, sagte Dreizehn.

Rhomburg meldete sich nun schüchtern zu Wort: »Mit wem, mit wem flüsterst du da?«

»Mit einem sehr lieben Geist«, antwortete Lucas, was Dreizehn erfreut zur Kenntnis nahm: »Oh, sehr freundlich, danke!«

Lucas weiter: »Also, Herr Rhomburg, was machen wir jetzt?«

Rhomburg reagierte sofort: »Es ist alles in Ordnung, ihr singt weiter, bekommt die 20.000 Euro, eure Version ist das Original, also völlig in Ordnung, das kriegst du sogar schriftlich.«

Lucas ist zufrieden: »Dann ist ja jetzt alles klar mit uns.« Damit wandte er sich an Höll: »Also, Höll, dann verlassen wir euch wieder ... Schade, oder?«

Höll erleichtert: »Ja ..., nein ..., nicht, absolut nicht schade ...«

***

Lucas und Rhomburg standen jetzt wieder genau da, von wo aus sie in die andere Zeit gesprungen waren. Wie üblich, ohne dass in der Gegenwart auch nur eine Sekunde vergangen wäre; und es hatte auch niemand etwas von ihrer Abwesenheit bemerkt. Rhomburg war jedoch völlig entgeistert und nun bat ihn Lucas, den Zettel, den er vorhin in seiner Kammer geschrieben hatte, zu unterfertigen. Rhomburg las: »Ich bestätige, dass der Vertrag mit der Schratt-Familie voll und ganz erfüllt wurde.« Mit zittrigen Fingern unterschrieb er.

***

Auftrittsapplaus, Kunz – jetzt im Showkostüm mit Mikro in der Hand, er wirkte ziemlich verbissen – sprach in die Kamera: »Und jetzt, zum Höhepunkt unserer Weihnachtsshow, nochmal die Familie Schratt, genauer: nur Peter und Lucas Schratt, mit der Originalversion des weltberühmten Weihnachtsliedes *Stille Nacht, heilige Nacht.*« Großer Applaus folgte, Kunz trat ab und Lucas begann auf der Gitarre mit der Einleitung. Es wurde still auf der Zuschauertribüne.

Maria stand in der Hütte und sah gespannt vom Fenster aus zu, ebenso Rhomburg, welcher in der ersten Reihe auf der Tribüne saß. Wie es aussah, hatte er tatsächlich resigniert ... Dann setzte der zweistimmige Gesang ein und Peter und Lucas sangen das Lied traumhaft schön ... Schon nach der ersten Strophe piepste es in Lucas' Laptop auf dem Küchentisch im Wohnbereich der Hütte. Maria konnte sehen, dass eine E-Mail-Anfrage reingekommen war – als Nächstes sogar ein konkretes Auftrittsangebot ...

Während Peter und Lucas das Lied Strophe für Strophe zum Besten gaben, setzte sich Dreizehn zu Lucas und flüsterte: »Lass dich nicht stören, sing ruhig weiter, ich möchte dir nur sagen, du bist der coolste Typ von allen, die mir in 1313 Jahren begegnet sind. Du hast es geschafft, dass ich nie wieder 1313 Jahre zurückgeschickt werde, nun endgültig Dreizehn heiße und nur noch für die Flöte da sein muss. Merci, Cherie« – und sie drückte ihm einen Kuss auf die Wange. Lucas bereitete es etwas Mühe, fehlerfrei weiterzusingen.

Und plötzlich – kurz nachdem Dreizehn verschwunden war – entdeckte er Alachim im Publikum, der ihm freundlich zunickte. Was ihn aber richtig verblüffte: Neben Alachim saß ein Mädchen, das Anna aus der Vergangenheit so ähnlich sah, dass man meinen konnte, sie war es. Was aber nicht möglich sein konnte: So eine wie Anna wird es so schnell nicht wieder geben, davon war Lucas überzeugt …

***

Epilog

Was ist es, dass dieses Lied in aller Welt so viele Herzen berührt? Übersetzt in über 350 Sprachen und Dialekte, bekannt und geliebt von unzähligen Menschen und Generationen. Es ließ in Kriegen die Waffen schweigen und verführte die Feinde zum gemeinsamen Singen.

Was hat den preußischen König dazu bewogen, herausfinden zu lassen, wer denn die Schöpfer seien? Erst dadurch hat die Welt erfahren, dass Franz Xaver Gruber und Josef Mohr die Urheber waren und nicht Mozart oder Michael Haydn.

Man hielt es auch jahrelang für ein Tiroler Volkslied oder für ein echtes amerikanisches Weihnachtslied. Und wie war es möglich, dass dieses Lied an einem einzigen Tag, am 24. Dezember des Jahres 1818, komponiert und uraufgeführt wurde? Und vor allem warum? Könnte es nicht so gewesen sein, wie unsere Geschichte es schildert?

Das *Stille-Nacht-Lied* ist nicht einfach nur Musik. Es erinnert an das Echte, an das Wesentliche im Leben, ist eine Art Wiegenlied und vielleicht dadurch ein archetypisches Phänomen – man kann dieses Lied immer wieder hören und es ist immer und überall der Höhepunkt im Reigen anderer Weihnachtslieder. Mancherorts wird es sogar nur am Heiligen Abend gespielt.

Vielleicht hat es für seine Entstehung einen besonderen Anlass gegeben – das Lied ist jedenfalls etwas ganz Besonderes geworden. Und das, obwohl man unterstellt, dass Franz Xaver Gruber dem Lied keine große Bedeutung zugemessen hatte – weil er es selber als »einfache Komposition« bezeichnete. Echte Künstler aber wissen, dass die echte, hohe Kunst in der Einfachheit liegt.

Historisches

(*Quelle: Stille-Nacht-Gesellschaft*)

* 1815 gab es den verheerenden Ausbruch des Vulkans Tambora in Indonesien, der im Jahr 1816 das Klima in Teilen Europas – auch in Salzburg – derart veränderte, dass Ernteeinbrüche und Hungersnöte die Folge waren. Erst im Jahr 1818 begannen sich Klima und Ernteerträge langsam zu normalisieren.
* Im Jahre 1816 verfasst Josef Mohr in Mariapfarr im Lungau den Text von *Stille Nacht* in Form eines Gedichts. Josephus Franciscus Mohr wurde am 11. Dezember 1792 als Sohn der Strickerin Anna Schoiberin und des desertierten Musketiers Franz Mohr in der Stadt Salzburg geboren. Ein Salzburger Domvikar ermöglichte dem talentierten Josef den Besuch des Akademischen Gymnasiums. 1811 tritt er ins Priesterseminar ein, das er am 21. August 1815 mit der Priesterweihe abschließt, und kam nach mehrjährigem Aufenthalt als Koadjutor (Hilfspriester) in Mariapfarr – und einigen Umwegen – im Jahre 1817 nach Oberndorf.
* Am 24. Dezember 1818 komponiert Franz Xaver Gruber die Melodie zu *Stille Nacht* im Schulhaus von Arnsdorf (*Gemeinde Lamprechtshausen*) – innerhalb weniger Stunden vor der erstmaligen Aufführung! Das Lied wird in der St.-Ni-

cola-Kirche in Oberndorf bei Salzburg von Gruber (*Bass*) und Mohr (*Tenor*) erstmals gesungen, begleitet von Mohr an der Gitarre. Das Lied fand bei der Oberndorfer Bevölkerung, die hauptsächlich aus Salzachschiffern und Schiffbauern bestand, »allgemeinen Beifall«. Franz Xaver Gruber erblickte am 25. November 1787 in der Innviertler Gemeinde Hochburg-Ach das Licht der Welt. Im Taufbuch stehen die Vornamen »Conrad Xavier« eingetragen, die er später auf »Franz Xaver« abänderte. Der Schullehrer Andreas Peterlechner förderte seine musikalische Begabung. 1806 legte er in Ried im Innkreis die Prüfung als Volksschullehrer ab. Im Jahre 1807 übernahm Gruber den Organistendienst in Arnsdorf, war dort auch Mesner und Schullehrer, und weil der Organist im nahen Oberndorf ausgefallen war, übernahm er auch dort den Organistendienst. Die Volksschule in Arnsdorf galt in einem Schulbericht von 1821 als die beste im ganzen Bezirk, da die Kinder in »bewunderungswürdiger Fertigkeit« antworteten.

* Der Tiroler Organist Blasius Wimmer dürfte das Lied dann nach Fügen ins Zillertal gebracht haben, wo es schon im Jahr 1819 in der dortigen Kirche gesungen wurde. Später, im Jahre 1822, ist das Lied, anlässlich einer Reparatur der Orgel in der Sankt-Nicola-Kirche in Oberndorf ,auch dem Tiroler Orgelbauer Karl Mauracher aufgefallen, so dass auch er zur Verbreitung beitrug.
* In Fügen lebte die Sängerfamilie Strasser, zugleich Handschuhmacher. Anlässlich ihrer Reisen auf Jahrmärkten

und Ausstellungen traten sie auch in Leipzig auf und sangen dort im Jahr 1832 als Teil eines Konzerts nachweislich das Lied *Stille Nacht.* Die *Leipziger Allgemeine Musikalische Zeitung* schrieb daraufhin: »Man hatte in der Pause des Gewandhauskonzerts die Sänger so lange gebeten, bis sie der vollen Versammlung die Freude gewährten, einige Tiroler Nationallieder so allerliebst vorzutragen, dass der Saal vom stürmischen Beifall widerhallte.« Unter den Zuhörern befand sich auch der Verleger A. R. Friese aus Dresden. In einem Friese-Notenheft von 1833 mit dem Titel *Vier ächte Tyroler Lieder* findet sich *Stille Nacht* – allerdings ohne die Namen seiner Schöpfer und stark verändert wieder.

* Eine weitere Tiroler Sängergruppe, die Familie Rainer, trat im Jahr 1839 mit *Stille Nacht* vor der ausgebrannten Trinity Church in New York auf. Auf diese Weise wurde *Stille Nacht* zunächst als »Tiroler Weihnachtslied« weltberühmt. In den USA entstand dann auch die erste englischsprachige Druckversion.
* König Friedrich Wilhelm IV. von Preußen ist es dann zu verdanken, dass uns Gruber und Mohr überhaupt als Autor und Komponist des Liedes bekannt geworden sind! Seine Hofkapelle wandte sich 1854 an das Stift Sankt Peter in Salzburg mit der Bitte um eine Abschrift des Liedes. Man war damals überzeugt, dass es ein Werk Michael Haydns war, des Bruders des weltberühmten Komponisten Joseph Haydn. Bei der Recherche stieß man dann eher zufällig auf Franz Xaver Gruber, der damals noch lebte und

daraufhin die Entstehungsgeschichte des Liedes aufschrieb mit dem Titel »Authentische Veranlassung zur Composition des Weihnachtsliedes *Stille Nacht heilige Nacht*«. Der Text enthält die Sätze: »Es war am 24. Dezember des Jahres 1818, als der damalige Hilfspriester Josef Mohr bei der neu errichteten Pfarre St. Nicola in Oberndorf dem Organistendienst vertretenden Franz Gruber (damals zugleich auch Schullehrer in Arnsdorf) ein Gedicht überreichte, mit dem Ansuchen, eine hierauf passende Melodie für 2 Solostimmen sammt Chor und für eine Guitarre-Begleitung schreiben zu wollen.«

* In ein Salzburger Kirchenliederbuch wurde das Lied erstmals im Jahr 1866 aufgenommen.
* Seit der ersten Einspielung auf Schallplatte durch das US-amerikanische Haydn Quartett im Oktober 1905 gehört das Weihnachtslied zu den mit Abstand meistverkauften Tonträgern weltweit. Allein die Aufnahme von Bing Crosby aus dem Jahr 1935 erreichte bis heute weit über 10 Millionen Exemplare. Auch Harry Belafontes Version kletterte auf immense Verkaufszahlen.
* 1943 stellte die Schriftstellerin Hertha Pauli fest, dass viele US-Amerikaner das Lied *Stille Nacht* (*Silent Night*) für ein »US-amerikanisches Volkslied« hielten, und schrieb darüber in den USA das Buch »Silent Night. The Story of a Song«, in dem sie den eigentlichen Ursprung des Liedes erläuterte.

* Die einzige *Stille-Nacht*-Handschrift aus der Hand von Josef Mohr, 1995 aufgefunden, weist den Schriftzug »Text von Joseph Mohr mpria Coadjutor 1816« auf. »Mpria« ist ein damals gebräuchliches, lateinisches Kürzel (manu propria), was so viel wie »eigenhändig« bedeutet. Mohrs Notenblatt enthält weiter die Textzeile »Melodie von Fr: Xav: Gruber« und brachte damit endgültige Klärung, was die Urheberschaft der Komposition betrifft.
* Die Stille-Nacht-Kapelle in Oberndorf, die an der Stelle der Anfang des 20. Jahrhunderts nach Flutschäden abgerissenen St.-Nicola-Kirche steht, ist heute eine Touristenattraktion.
* Die Dorfschule in Arnsdorf, in der Gruber einst lehrte, beherbergt heute ein Stille-Nacht-Museum, ebenso auch die Gemeinde Oberndorf.
* Im Wallfahrtsort Mariapfarr steht heute noch das Elternhaus von Josef Mohrs Vater, die sogenannte Schargler Keusche, ein Kulturdenkmal im Originalzustand. Im Pfarrhof befindet sich ein Wallfahrts- und Stille-Nacht-Museum mit Dokumenten zum Leben von Josef Mohr.
* 2011 hat die österreichische UNESCO-Kommission das Lied in die Liste des »Immateriellen Kulturerbes« Österreichs aufgenommen und auch zum internationalen UNESCO-Kulturerbe (Gesamtliste) vorgeschlagen.

Reinhard Schwabenitzky

Stille Nacht
und das Geheimnis der Zauberflöte